はにゅう
ILLUSTRATION shri

Cheat skill "shisha sosei" ga kakusei shite
inishieno maougun wo
fukkatsu sasete shimaimashita

チートスキル『死者蘇生』が覚醒して、いにしえの魔王軍を復活させてしまいました 3

〜誰も死なせない最強ヒーラー〜

一迅社ノベルス

Characters

▼リヒト
［種族：人間］

元S級冒険者。死んだ人間を蘇らせる特殊スキル『死者蘇生』をもつ。その力を恐れた国王の命令で、仲間に裏切られて処刑されるも自身のスキルで蘇る。人間たちに復讐を誓うと、古きダンジョンに眠る魔王軍を蘇らせる。

▼アリア
［種族：？？？］

伝説の魔王。ディストピアのマスターとして、百年前まで君臨していた。一定の範囲にいる生物の動きをスローモーションにできる。

▼フェイリス
［種族：亜人］

ディストピアのマスコット的存在。自分を殺した相手を、全く同じ殺し方で道連れにする。リヒトが加入してからはペアを組んで前線に出ることも。

▼ロゼ
［種族：ヴァンパイア］

アリアに忠誠を誓う従順な下僕。ディストピア随一の働き者で、よく魔王軍の特攻役を担っている。

▼ティセ
［種族：ハイエルフ］

落ち着いていて妹思いな、ディストピアのお姉さん的存在。ステータスダウンの効果を持った精霊を使役している。

▼イリス
［種族：ハイエルフ］

姉ティセのことが大好きで、いつもそばにいる。状態異常の効果を持った妖精を使役している。

▼ドロシー
［種族：人間］
伝説のネクロマンサー。常人ではありえない千を超える死者を操ることができる。

▼アルシェ
［種族：エルフ族］
エルフの国のお姫様。ディストピアにエルフ族を派遣している。

▼カイン
［種族：竜人族］
武器や防具の加工をしている竜人の里で、雑用をしている。

▼ラルカ
［種族：竜人族］
カインの姉。不治の病に伏せていた母親をリヒトに助けられる。

▼ベルン
［種族：妖狐］
ラトタ国の女王。人間に擬態して国を統治していたが、アリアに正体を見破られる。

▼ミズキ
［種族：魔女］
森の奥深くでのんびりと過ごしていた魔女。アリアに脅されて仲間となる。

CONTENS

プロローグ

祭りの始まり

魔王アリアが所有するダンジョン——ディストピア。

百年間機能が停止しており、つい最近また動き始めたダンジョンである。

魔王アリアが蘇生《そせい》されたことによって再び時を刻み始めた空間。

眠っていた化け物たちの時代が、もう一度始まろうとしていた。

その中の一室で、二人の会話が聞こえてくる。

一人は《死者蘇生《ししゃそせい》》のスキルを持つ人間——リヒト。

全身を覆う白と紺色主体の服が目立っている。

もう一人は、彼と仲の良い死霊使い——ドロシーだ。

茶色の長い髪を揺らしながら、リヒトの隣で頬杖《ほおづえ》をついている。

この二人は何故《なぜ》か一緒にいる時間が長い。

同じ人間という種族だからなのか。

それともただの偶然なのかは分からないが……正直に言うとどうでもいいことだ。

今日も今日とて、同じ部屋で仕事をこなしていた。

全盛期のディストピアを取り戻すためには、まだまだしなくてはいけないことがたくさんある。

二人が任されているのは、造りが脆《もろ》くなっている場所の確認や侵入者のルートを確認したりなど。

新しい仕事はどんどん増えていく。

「──でさー、フェイリスさんがおすすめしてくれた本があったんだけど、それが本当に面白くてビックリしたよ」

「へぇー、良かったな。フェイリスに感想を聞かせてやったらどうだ？」

「んー……感想を言うのは恥ずかしいんだよね」

「フェイリスは本の話をできる人がいないから、感想を言ってあげたら喜ぶと思うけど……」

「そうなんだ。なら勇気を出してみようかな……」

リヒトとドロシーは、仕事の合間に他愛《たわい》のない話を始める。

いくら仕事が溜《た》まっていると言っても、一日中働いているというわけではない。

疲れたら休憩も自由に許されており、今が丁度その時間だ。

……一人だけ文字通り一日中働いているヴァンパイアがいるが、流石《さすが》に彼女を基準として考えることはできなかった。

「ドロシーはもうフェイリスと仲良くなれたのか？」

「………そんなに」

「え？　そんなに？」

「何と言うか……それなりに話す機会も増えたんだけど……未《いま》だに何を考えてるか分からないからさ。仲良くなれたのかも分からないんだよね」

「フェイリスはそういう奴《やつ》だからな」

フェイリスの感情の読み取り方の難しさをよく知っているリヒトは、ドロシーの悩みに共感を覚えた。怒っているのか喜んでいるのか、上機嫌なのか不機嫌なのか。

リヒトでもたまに間違えてしまう時がある。

「リヒトは簡単にフェイリスさんと仲良くなったんでしょ?」

「まあ……戦いの時に一緒に行動することが多いからな」

「戦友ってこと?」

「そうなるな」

リヒトはこれまでの戦いを思い出す。

死者蘇生という能力から、相性の良いフェイリスと行動を共にする機会はかなり多かった。

確か、西の魔王にリヒトが攫《さら》われた時も、フェイリスが真っ先に助けようとしてくれたらしい。

この信頼関係は、共に戦っていなければ絶対に生まれなかったものだ。

焦って作るものではなく、いつの間にかできているもの。

時間が経《た》てば経つほど、それはより強固になっていくだろう。

何を考えているか分からないフェイリスと言えど、それはきっと変わらない。

「ドロシーは急がないで普通にしてればいいと思うぞ」

「これからも戦いに参加するならの話だけどね」

「またどうせ人間かアリアが争いの種を持ってくるさ」

「そうだったらいいけど――」

「――おい！　リヒト！」

と。

二人で話しているところに、何やら楽しそうなアリアが飛び込んでくる。

いつもの鎧《よろい》のような服に、毒々しい紫色の髪。

……嫌な予感。

リヒトが不穏な空気を感じ取ると同時に、アリアはこう言い放った。

「祭りが始まるぞ！」

第一章　魔女の苦難

「あれ？　もうこんな時間……」

魔女であるミズキは、体を伸ばしながら遅めの朝を迎える。

いつも早起きするタイプでは決してないのだが、それでも今日はやけに目覚めるのに時間がかかってしまった。

あと数時間もしたら、夕方と言っても問題ない時間に入る。

少し時間を無駄にした感覚になるが、まあいいかと布団からグイグイと抜け出した。

「あー……片付けするの忘れてた」

起きたばかりのミズキの目に飛び込んできたのは、昨日出しっぱなしで放置していた本や器具の数々。

昨日の出来事を思い出すと、確か薬の研究をしていたはず。

どうしてお前は片付けまでしなかったのか——と、ミズキは昨日の自分を頭の中で叱《しか》りつけた。

そのせいで今から片付けをしなければならない。

あまり放置しすぎると毒に変化してしまうため、早急に処理をする必要がある。

「………片付けはもう少し後にしよ。ご飯食べないと」

ミズキはバラバラの本を一冊だけ本棚に戻したところで、一つため息をついて階段へと足を向ける。

起きて早々掃除なんてとてもやっていられない。

毒に変化すると言っても体内に入ったら危ないだけで、一刻を争うほどの作業とまでは言い難い。

今日寝る前の自分が流石《さすが》に片付けをしてくれるだろう。

それより今の自分は空腹をどうにかしなければ。

そのような言い訳をしながら、ミズキは一階の食料庫に到着した。

……ここも掃除をしていないため、埃《ほこり》の混ざった臭《にお》いがする。

ついつい咳《せき》払い。

その衝撃で、近くにあった埃が一斉に舞った。

「桃とイチジクしかないじゃん。缶詰そろそろ買いに行かなきゃ」

二種類の缶詰の中、ミズキが結局手に取ったのは桃の方。

買い物にも随分と行っていなかったため、あと数日分しか食料が残っていない。

起きてから面倒なことばかりが積み重なる。

今日は買い物をする日にしようかな——と。

そんなことを考えていた時。

「——わっ!?」

ガシャンと窓ガラスが割れて、少し大きめのコウモリが飛び込んできた。

驚いているミズキの前に、一通の手紙が舞い落ちる。

どうやらこのコウモリが持ってきたらしい。

そして。

ミズキが手紙を手に取ったことを確認すると、コウモリは役目を果たしたかのようにポンと音を立てて消えた。

今までの生活で、このように手紙が届いた経験はない。

人間界からの手紙なら、普通にポストに届けられるはずだ。

ゴクリとミズキはその手紙に書かれている内容を見る——。

『南の魔王軍がお主のところに向かっている。気を付けた方がいい。逃げるか戦うかは任せる。魔王アリアより』

そこには。

寝起きの頭では信じられないような内容が書かれていた。

南の魔王軍は全員でやって来るのか。

アリアたちは助けに来てくれるのか。

そもそも、どうして自分が狙《ねら》われているのか。

聞き返したいことが無数に存在している。しかし、非情にも手紙であるため聞き返すことはできない。

今自分にできるのは、言われた通り逃げるか戦うかの準備をするだけだ。

「どうしよう……逃げた方がいいかな」

ミズキが出した結論は——やはりここから逃げるというもの。

戦うという選択肢はあったが、それは自分の好みではなかった。

アリアには情けないと言われてしまうかもしれないが、そんなことに気を使っていられるような余裕もない。

とにかく動き始めねば。

顔をパンパンと叩《たた》いてミズキは行動し始める。

し始めた——が。

「え」

大きな衝撃を受けて、ミズキの屋敷はグラグラと揺れる。

本棚は倒れ、椅子《いす》はガラスを突き破り外に飛び出てしまった。

まさかもう南の魔王軍が到着したというのか。

アリアの報告を受けてまだ数分しか経《た》っていない。

「——っ、やばい。《水流創造《すいりゅうそうぞう》》！」

そんな混乱しているミズキを待つことなく、南の魔王軍であろう存在は攻撃を続ける。

メラメラと屋敷の入り口が燃え始めたのだ。

一瞬で勝負を決めようとせず、ジワジワと嫌がらせをするような戦法である。

それはミズキの反応を楽しんでいるかのような。

……気に食わない。

きっと腐った性格をしているに違いなかった。

自分の作った水流で火が消えたことを確認すると、ミズキは窓から外に飛び出る。

「《青龍火炎《せいりゅうかえん》》！」

ミズキの反撃。

青い炎が、屋敷の周辺を綺麗《きれい》な丸で囲む。

最初は逃げようと考えていたが、もうそれも不可能だ。

そもそも、こんな人をもてあそぶようなことをされて黙っていられるわけがない。

戦うしか選択肢がなくなった以上は、本気で戦うまでである。

「どこにいるの！」

大声とまでは言えないものの、ミズキなりに精一杯声を張り上げる。

思えば、戦いという行為をするのは百年ぶりくらいだ。

一応アリアに命令されて数人の人間を殺したこともあるが、あれは戦いと呼べるものではない。

実力に差がありすぎると、それは戦いではなく虐殺になってしまう。

ある程度実力のある者同士で争うからこそ戦いと呼べるのだ。

そう、それはまさに今回のこと。

敵の魔力などから推測すると、自分と同等の実力があるように思われる。

この屋敷は強力な結界で守られている。

そんな屋敷を先ほどのように揺らすのだから、もしかすると自分以上の力を持っているかもしれない。

その事実に少しだけ嫉妬《しっと》のような気持ちが湧《わ》いた。

「出てこないつもりなら――」

ミズキは半径数十メートルの範囲で、強烈な雷をランダムに落とす。

人間なら掠《かす》っただけでも黒焦げになる威力だ。

たとえ南の魔王軍であっても、ダメージを与えることくらいならできるはず。

雷の耐性がゼロだとしたら、そのまま殺してしまってもおかしくない。

ただ、それはあまりにも希望的な観測であるため、期待しすぎないように敵が出てくるのを待っていた。

「乱暴だなぁ。聞いてた情報と違うんだけど」

ミズキの耳にその声が届くと、一旦《いったん》攻撃する手を止める。

どこか中性的な声だ。

声の主は屋敷の屋根の上におり、ミズキは見下ろされていた。

オレンジの髪にアイドルのような服。

可愛《かわい》さというものを全面にアピールしているような衣装である。

「魔女ミズキ――いにしえの魔王アリアと関わりがある存在で間違いないね?」

「それがどうかしたの?」

「なら良かった。二度手間は嫌いだからね」

敵は目の前にいるのがミズキであることを確認すると、安心したような顔を見せる。

やはり、この敵は自分に用があるらしい。

さっきの口ぶりだと、アリアと関係があることが問題なようだ。

まだまだ情報が足りない段階で、今度はミズキから質問を投げかけた。

「貴女《あなた》は何者なの？　私に何の用？」

「アタシはルシエ。南の魔王軍の幹部だよ。何の用って言われると難しいけど……君が邪魔になりそうだから先に片付けに来たってところかな」

「片付けに来た？」

「そそ。ガレウス様と大魔王アリアが戦っているところに、君が加勢してくると面倒臭いんだよねー。最近は君も目立ってるみたいじゃん？」

ルシエは特に何も隠すことなく、自分の情報を詳細に吐き出す。

それは、ミズキを絶対に殺す自信があるからなのか。

とにかく、自分が舐《な》められているということは完璧《かんぺき》に理解できた。

どうやらアリアの命令をこなしているうちに、邪魔者リストに載ってしまったらしい。

とんだとばっちりだ。

「南の魔王は、魔王アリアに攻撃を仕掛けようとしているのね」

「そうだね」

「周りから狙い始めるのは、魔王にしては姑息《こそく》すぎる気もするけど」

「口に気を付けなよ。ガレウス様は確実な勝利を求めてるの。ちなみに、君以外の存在にも攻撃を仕掛けてるから、増援には期待しない方がいいよ」

ミズキが南の魔王を馬鹿《ばか》にするようなことを言うと、ルシエはヘラヘラとした態度を一変させてミズキを睨《にら》む。

その表情からは、明らかに不愉快極まりないといった感情が伝わってきた。

そして、それ以上に気になる情報が一つ。

ミズキ以外の存在にも攻撃を仕掛けている――とのこと。

ルシエが言っているミズキ以外の存在というのは、恐らく魔王アリアに関係している範囲の中での話であろう。

南の魔王軍は、それら全員を排除しようと企《たくら》んでいるのだ。

これだけでも、アリア率いる魔王軍討伐の気合が見て取れた。

……同時に、南の魔王ガレウスの狡猾《こうかつ》さも。

「南の魔王の噂《うわさ》は、そんな攻撃的なものしか聞かないね。西の魔王にも手を出したんだって？」

「……へぇ、よく知ってるじゃん。なかなか手強《てごわ》い相手だったけど、ガレウス様の敵じゃあなかったよ。結局最後には部下を見捨てて逃げていったけど」

「フフ。魔王アリアを他《ほか》の魔王と比べない方がいいよ」

「……ふーん。よっぽど信頼してるんだね。一応寝返る可能性もあるから勧誘してみろって命令されてたけど――聞くまでもないのかな？」

ルシエはやれやれと肩をすくめる。

彼女の言い草だと、ミズキを最初から殺そうとしていたわけではなかったらしい。

あわよくば、ミズキを南の魔王軍に引き抜くことまで考えていたようだ。

「そうね。貴女たちより魔王アリアの方が強いもの。もちろん、それ以外の理由もあるんだけど」

「それ以外の理由？　強い者に従うこと以外で理由なんてあるの？」

「貴女とは仲良くなれそうにないから」

「……なるほどね。じゃあもういいや」

ルシエは顔を少し引きつらせる。

かなり頭に来ていたようだが、何とか理性で持ちこたえた形だ。

逆にミズキは、言いたいことを言えてスッキリとしたような表情である。

アリアと出会う前のミズキであったら、この勧誘は即座に受け入れていただろう。

しかし。

アリアを知ってしまった後に、裏切るような行為は絶対できない。

たとえここでルシエに殺されたとしても、アリアには忠誠を誓う予定だった。

だって、アリアを裏切った方がもっともっと恐ろしいことになりそうだから。

「後から土下座しても絶対許さないから」

「貴女も、後から土下座しても絶対許されないだろうね」

「フン！」

ルシエは屋根の上からミズキに手をかざす。

その瞬間に、グラグラと地面が揺れ始めた。

まるで大地が恐怖しているような。

アリアにも匹敵し得るかもしれないほどの強さだ。

これほどの殺意を向けられたのは、これが初めての経験である。

「――やばっ」

ひび割れる地面――ミズキは咄嗟《とっさ》に魔方陣を出現させる。

魔方陣で押さえつけて蓋《ふた》をする形だ。

片付けのことを考えると、あまり自分の屋敷の前を破壊するわけにはいかない。

それに、ある程度の魔法ならこの魔方陣で吸収できるはず。

そうすると、その魔力は自分のものとして使うこともできた。

「そんなんじゃ甘いよ」

「え――」

ミズキが出現させた魔方陣。

それに地面と同じようなひびが入る。

嫌な予感。

そしてミズキの頬《ほお》を伝う汗。

このままじゃマズい――ミズキは本能的にそれを理解して空高くジャンプした。

……そこでパリンと魔方陣が割れ、

「《崩壊大地《ほうかいだいち》》！」

ミズキが元々いた場所が、噴火するように大きく爆発する。

もしジャンプして空中にとどまるのが遅れていたら、その時点で勝敗が決まっていたであろう。

いきなり魔力全開で攻撃を仕掛けてくるとは。

早期決着を目指しているのか。

それとも、自分のスタミナによっぽど自信があるのか。

ルシエの顔を見ていると、後者でも全くおかしくない。

むしろ、自分の実力を過信して無茶な戦法を仕掛けてきそうでもある。

とにかく、この魔法一つでルシエの実力は大体理解できた。

やはり自分と同程度——もしくは少し上くらいだ。

「よく避《よ》けたね。というか、空飛べたんだ」

「魔法を研究してきた時間だけは負けてないからね。そんなに長くは飛べないけど」

「アタシがその魔法を覚えたら、君より何倍も長く飛べるのに」

「センスがいいのは羨《うらや》ましいよ。つまらなそうだけど」

「……まあ、そんなお遊びの魔法を覚える気はないからいいや」

地に足をつけたらマズいと判断したミズキは、ルシエの攻撃が終わるまで空中でずっとやり過ごす。

空を飛ぶ魔法は魔力消費が桁違《けた》いに多いが、自分の身を守るためには仕方がない。

ルシエも意味がない魔法をずっと放てるほどの余裕はないのか、意外とあっさり攻撃する手を止めた。

ミズキが得意とするのは、攻撃系の魔法ではなく防御系の魔法だ。

防御系の魔法であれば、様々な種類の魔法を習得している。

ルシエの攻撃に応じて最適な防御魔法を使い分けることも可能。

生まれた時に決まっているスキルと違って、努力でいくらでも覚えられる魔法は素晴らしい。

使い分けの難易度はかなり高いものの、今まで生きてきた経験によってその判断には自信があった。

逆に、ルシエが得意なのは攻撃系の魔法。

あの様子だと、《崩壊大地》以外にもたくさんの攻撃魔法を覚えていることが想定できる。

それ故に、どのような攻撃をしてくるのか予想ができない。

ミズキがその場その場で瞬時に判断しなければ、ルシエの強力な魔法で打ち抜かれてしまうだろう。

「――あ。ちなみに、ガレウス様はアタシの何倍も強い魔法を使えるから。対立したのは愚かだったね」

「……みんな魔女の私より強い魔法を覚えてるんだもん。嫌になるよ」

「ハハハ。ガレウス様に何か一つでも勝とうとすることが間違ってるの」

ミズキを嘲笑《あざわら》うように。

そして自分の主《あるじ》を崇《あが》めるように。

ルシエは得意げな顔をする。

自分は生まれてからずっと魔法の研究をしていたというのに、容易《たやす》く追い抜かれているようでいい気分ではなかった。

「無駄話は終わり。燃え尽きろ！　《煉獄火炎《れんごくかえん》》！」

「《水流壁《すいりゅうへき》》」

ルシエの放った炎に対して、ミズキは即座に水で自分の周りを包む。

名前の通り強烈な炎であったが、この壁を貫通することまではできない。

《煉獄火炎》が不発に終わったことを察したルシエは、即座に別の魔法で攻撃を仕掛けた。

「ならこっち！　《白雷電撃《びゃくらいでんげき》》！」

ルシエが選んだのは、ミズキをピンポイントに狙った電撃魔法。

自分の人差し指から放つため、正確にミズキを捉《とら》えることができる。

これなら水の壁でも防ぐことはできず、素早いため避けることも難しい。

先ほどのように空を飛べば、その瞬間にルシエの勝利が決まる。

そんな中で、ミズキは魔力の玉を遠くに思いっきり放《ほう》り投げた。

すると。

「《避雷魔法《ひらいまほう》》」

ルシエの放った電撃も、それに釣られてミズキから大きく逸《そ》れたのだ。

まさかこんな魔法まで覚えているとは。

ルシエも聞いたことすらない魔法である。

やはり知識だけはミズキに軍配が上がるであろう。

……しかしそれも知識だけだ。

「なるほどね。そんなマイナー魔法まで覚えてるなんて」

「褒めてくれてありがとう」

「別に褒めてないんだけど」

「ううん。褒め言葉だよ」

「……ふん。もういいや。終わらせる」

ルシエは無駄な会話を終わらせる。

普通の魔法で攻撃していては、容易くミズキに対応されてしまうのは分かった。

ならば、ミズキでも対応できないほどの攻撃をすれば良いだけだ。

ここで求められるのは圧倒的な攻撃力。

小手先の技術ごとぶっ壊せるほどの力があれば、ミズキも本来の魔力で対応するしかない。

ちょうどルシエの一番自信がある魔法と同じ形である。

「君のやり口は大体分かったよ。あと君の弱点も」

「弱点？」

「そう。こういう魔法には対応できないよね？」

そう言ってルシエが頭上に作り出したのは、これまでとは桁違いの魔力が込められている玉。

もう魔力を温存している様子はない。

もはやルシエの中にある全《すべ》ての魔力を込めているのではないかとさえ思えた。

これがルシエの導き出したミズキ対策なのか。

悔しいが、その読みは見事に的中している。

「《暗黒地獄玉《あんこくじごくだま》》！」

その魔力が詰まった弾は、ゆっくりと――しかし確実にミズキへと向かってくる。

段々とそのスピードは速くなり、逃げることは恐らく不可能だ。

きっと身を隠しても永久的にミズキを追跡してくるだろう。

それに、今までのように魔法の相性で打ち消すことも難しい。

炎魔法には水魔法で有利に対応することができるが、この《暗黒地獄玉》はそれにしっかりと対応していた。

（マズい、このままだと……）

この玉には、ルシエの使える様々な属性が混ぜられている。

炎、水、雷、氷などなど。

どれかに相性の良い防御魔法を繰り出しても、防げるのは数ある中の一つだけだ。

つまり。

これに対応するには、同程度の威力を持つ攻撃魔法を放ち——そして競り合いに勝利するしかない。

もし競り合いに勝利できれば、《暗黒地獄玉》を掻《か》き消すことができるはずである。

しかしできなければ……考えたくもない。

「クソッ！　《閃光魔力砲《せんこうまりょくほう》》！」

ミズキが覚えている中で、最《もっと》も威力の強い魔法を使うだけ。

使うと一週間は魔法を使えなくなるため、再度使うのは数百年ぶりだ。

二度と使ってたまるかと心に決めていたが……この際もう仕方ない。

屋敷の中から飛んできた杖《つえ》をキャッチし、それを地面に思い切り突き立てる。

すると、その杖は地に根を張り、一つの砲台と化した。

そして、全ての魔力が杖に埋め込まれている宝石の部分に溜《た》まる。

これで準備は完了——文字通り自分の魔力は全てこの杖に移した。

今は立っているだけでもやっとの状態だ。

あとはルシエ目掛けて放つだけ。

ミズキは最後の気合を入れる。

「イグニッション！」

そのかけ声と同時に。

《閃光魔力砲》はフルパワーで放たれた。

今の自分に出せる最大の火力。

それは《暗黒地獄玉》と正面からぶつかることになる。

「ググッ……！」

「……やるじゃん」

震える空気。

揺れる大地。

目を開けていられないほどの光。

たった二つの魔法がぶつかっただけで、凄《すさ》まじい衝撃が訪れる。

ミズキの体も飛ばされそうになったものの、何とか杖にしがみついて耐えていた。

「でも無駄だよ」

余裕そうなルシエの笑み。

それは、ミズキの表情とは対照的なものだ。
どうしてこのような態度でいられるのか。
その理由は、目の前の現状が物語っている。
「嘘《うそ》……」
ミズキがフルパワーで放った《閃光魔力砲》を、ルシエの《暗黒地獄玉》が吸収しているのだ。
相当のパワー差がないと、こんなことはありえない。
一度吸収され始めると、もう逆転する可能性もゼロ。
まさかここまで差が開いていたとは。
目の前でどんどん《暗黒地獄玉》は大きくなっていく。
魔法同士の融合は珍しいものではないが、ここまでの規模になると話は別。
地面はえぐれ、近くの木々が魔法の中心に引き寄せられていた。
油断するとミズキ自身も吸い込まれてしまいそうだ。
「残念。とっととこっち側に寝返っておくべきだったね」
「……」
ルシエの言葉に、ミズキが言い返すことはない。
それは後悔しているというわけではなく、これからの自分を考えているからだ。
ミズキの敗北はもう確定している。
問題なのは、リヒトによって本当に生き返ることができるのか。
何かアリアに向けてメッセージを残しておくべきなのか。

わざわざ手紙が来たということは、アリアもミズキが襲われるという事実を認識しているだろう。

忘れられていない限り、きっと助かるはずである。

ならばもう気にかけることはない。

痛いのは嫌だなぁ――というくらいだ。

なんて。

そんなことを考えていた時。

「――え？」

崩れ落ちたのはルシエの方だった。

口から血を吐き、赤く染まった胸の辺りを押さえている。

それは、ルシエ本人も何が起こったのか分かっていない様子だ。

当然ミズキにも何が起こったのか分からない。

とにかく、ルシエが何かに貫かれたという事実だけが残っていた。

「なに……これ」

溢《あふ》れ出てくる血。

ルシエの呼吸が苦しくなる。

これ以上ないほどの致命傷だ。

一体どこから攻撃されたというのか。

この辺りには誰《だれ》もいなかったはず。

ミズキの仲間が来るにしても、あまりにも早すぎる。

「――っう⁉」

二発目。

混乱中のルシエに、再び謎《なぞ》の攻撃が命中する。

これによってミズキにもようやく確認できた。

ルシエを貫いたのは誰かが放った魔法。

それも、かなりの遠距離からのものだ。

あまりにも速く、全く飛んでくることに気付けなかった。

魔法は威力が高くなればなるほど、命中させる難易度が上がっていく。

ルシエに致命傷を与えるくらいの魔法なら、それは暴れ馬を右手一本で操るほどのコントロールが必要だろう。

それに加えてこの遠距離。

……一言で言えば化け物レベルである。

「そ、そんな……」

三発目。

最後――見せつけるように《暗黒地獄玉》が掻き消された。

目の前でそれを見せつけられたルシエは、絶望と激痛で顔を酷《ひど》く歪《ゆが》めている。

ミズキの心にも、一瞬だけかわいそうという感情が生まれるほど。

恐らく、もうルシエの息は長くないであろう。

魔力も全部使い切ったはずだ。

ただ死を待つだけのルシエに、ミズキは回復したばかりの僅《わず》かな魔力で《睡眠《すいみん》》の魔法をかけた。

そして。

ルシエはもう二度と目覚めることのない眠りにつく。

「…………はァ」

ようやくつけるため息。

ミズキは杖にもたれかかるようにして地に膝《ひざ》をつける。

百年は味わったことのない疲労感。

もう何もしたくない。

自分の運の悪さを憎む気持ちと、とりあえず勝利した安堵《あんど》の気持ち。

その両方が心の中にあった。

「……一体誰の魔法だったんだろう」

いてて――と。

ミズキは心を落ち着けると、ルシエの死体を眺めながらそれを口にする。

その死体には、綺麗な穴がぽっかりと開いていた。

的確に急所を狙っており、これだけでも容赦のない性格だと分かる。

今の段階で分かるのは、その存在が只者《ただもの》ではないということだけ。

このタイミングでこんなことをできる存在は限られている――が。

「あ」

そこで。

ミズキの前に一体の死霊が現れる。

「これって……もしかしてドロシーの死霊？」

そうミズキが問いかけたところで、死霊が反応をすることはない。

聞こえてはいるのだろうが、答えるすべがないといったところだろうか。

ミズキもその様子を察して、それ以上何かを聞くことはしなかった。

対して肝心の死霊は、まるでやることが決められた機械のように、持っていた何かをミズキの前に落とした。

その行動に感情というものはない。

そして、役割を終えた死霊は段々と透明になっていき……消える。

ミズキはその光景をボーっと見ていたが、数秒後に我に返って死霊の落とし物を拾った。

死霊が落としていったもの。

「え!?　これって……」

それは、魔力回復用のポーションだ。

しかし、ただのポーションとはわけが違う。

ミズキが久しぶりに驚きのリアクションをした理由は、そのポーションの価値にあった。

このポーションたった一つだけで、ミズキの魔力全てが回復してしまうほどの代物。

通常のポーションは回復できる魔力の量が決まっている。

ただ、このポーションはそんなことなど関係なく、自分の器の最大まで魔力を回復させることができた。

人間界でこのポーションを手に入れるなら、貴族が束にでもならない限り手に入れることはできないだろう。

それほど価値のあるものを、このようにポンと届けられるなんて、正気の沙汰《さた》とは思えない。

まさかとは思っていたが、ミズキの予想は間違っていないようだ。

「……敵《かな》わないなぁ」

予想が確信に変わった。

このポーションの元々の持ち主。

そして、ルシエを強力な魔法で葬った人物。

それこそ、自分の主である大魔王アリアだった。

第二章　竜人の苦難

「カイン、そっちの罠《わな》はどう?」

「ちょっと待ってて……お！　大量だよ、ラルカ姉さん」

「やったね！　里のみんなも喜ぶよ」

ラルカとカインは、今日の昼食になるであろう魚を捕まえるため湖にいた。

この湖の魚はぶくぶくと太っており、里の竜人たちからも評判がいい。

魚を捕る方法としては釣りと罠の二つの方法があるが、ラルカたちは罠を仕掛ける選択をしている。

その行動に、特に深い理由があるわけではない。

ただ、釣りだとラルカが下手《へた》くそすぎたため、技術が必要ではない罠にしたというだけだ。

「これなら一人一匹くらいあるかも。この前はラルカ姉さんと半分こだったからさ」

「そうだね。お母さんに二匹あげることもできそう」

「何も捕れなかったら大人《おとな》たちに怒られるところだったよ。危ない危ない」

罠にかかった数十匹の魚たちを全《すべ》てカゴに入れると、二人は湖から足を引き抜く。

あとはもう里に帰るだけ。

カゴの中でピチピチと跳ねる魚を見ていると、今すぐにでも焼いて食べたくなってしまう。

しかし、そのようなことをしようものなら、大人たちにこっぴどく叱《しか》られてしまうため、二人は何とか理性で踏みとどまった。

きっと今頃《いまごろ》、大人たちはリヒトの依頼を黙々とこなしているはずだ。

リヒトの依頼は、どれも難易度が高いものである。

武器の加工、防具の加工、さらには武器生産の仕事まで。

様々な依頼が次々に飛び込んでくる。

その作業をするだけでも日が暮れてしまうほど——。

だが、文句を言う者は誰《だれ》もいない。

全員が、これまで目にしたことのない素材や武器に興奮しているのだ。

特に獅子《しし》王の牙《きば》の加工には苦戦した記憶がある。

オリハルコンの加工は、一か月経《た》った今もまだ終わっていない。

かなり忙しい日々を送っているはずが、自分を含めた里の竜人たちは充実した生活だと認識していた。

「今日の昼食当番って私たちだよね?」

「うん。早く帰らないと」

「あーあ。私たちにもっと加工の仕事回してくれたらなぁー」

ラルカは日頃から少しずつ溜《た》まっている不満をカインにぶつけた。

基本的に、メインで加工の仕事をしているのは大人の竜人たちだ。

ラルカやカインは雑用や簡単な部分の加工を任されている。

別に現在任されている仕事が嫌と言うわけではないが、そろそろ技術を身につけたくなったのも事実。

大人の竜人たちが持っている技術には憧《あこが》れるものが多い。

元々武器が持っている輝きを取り戻すどころか、その限界を超えた輝きを持たせることができる技術だ。

ラルカも密《ひそ》かに練習しているものの、やはり実戦でないと身につく気配がない。

大人たちはまだ早いと言っているが、どうしてもラルカには待ちきれなかった。

「まあまあ。ラルカ姉さんの気持ちも分かるけど、今は修行期間だからしょうがないんじゃない？」

「それはそうだけど……雑用仕事するだけで修行なんて、言いくるめられてる気がしてならないよー」

「うーん。じゃあ帰ってから仕事を任せてもらえるように頼んでみたら？」

「……そうしてみるよ」

そのような会話をしながら、魚を持って二人は里へと戻る。

もうそろそろ昼食の時間だ。

今日は朝から働いていたため、カインもラルカも食欲が抑えきれなくなってきている。

とりあえず早く戻って昼食の準備をしよう――と。

少し早足で移動し始めるのだった。

まだ……二人はこれから起こる悪夢を知ることはない。

◇◆◇◆◇

「……あれ？　何これ」

「ん？」

「いや、変なのが落ちてる……けど」

里の入り口付近。

そこで、ラルカは奇妙なものを見つける。

それは何かの体の一部であり、少々気味が悪かった。

野生の動物の食い散らかしだろうか。

だが、それにしてはやけに綺麗《きれい》に分離していた。

もし魔物のせいだとしたら、大人たちにそれを伝える必要がある。

あまり気持ち悪いものは見たくないが、どうしてもしなくてはいけない確認であった。

「――きゃあぁ!?」

「ど、どしたの！　ラルカ姉さん！」

「こ、こここここれって!?　嘘《うそ》！　嘘嘘嘘！」

「お、落ち着いて、ラルカ姉さん！」

ラルカは発狂したようにその場で大声を上げる。

そして、拾い上げた何かの体の一部を、遠くへ力いっぱい放《ほう》り投げた。

明らかに普通の反応ではない。

何も知らないカインは、ただラルカを落ち着かせることしかできずにいる。

カインはラルカの肩を持ち、力強くラルカの名前を呼んだ。

ラルカがこんな反応を見せることは今までになかったため、カインの頭も同じように混乱していた。

「……はぁはぁ。うぷっ……」

「……落ち着いた？」

「い、いや！」

「何があったの？　ラルカ姉さんらしくないよ」

「だって！　あれ……竜人の手だよ⁉」

ラルカは、興奮した様子でカインに先ほど見たものを伝える。

もう二度と思い出したくもない。

肌の触感、長めの爪《つめ》。

あれは、間違いなく自分と同じ竜人の手だった。

体の中から気持ちの悪いものが込み上げてくる。

最悪の気分だ。

「りゅ、竜人の手？　それって誰の――」

「そんなの知らないわよ！」

「ま、まさかだけど、里の誰かの手じゃないよね？」

「……分からない。分からないよ……」

ラルカは、カインの胸に体を預ける。

何を言ったらいいのか――どう伝えたらいいのか分からない。

ただ、不穏なことが起こっているということは理解していた。

「まさか……侵略者」

「どうする……？　今のうちに逃げる？」

「……駄目。お母さんがまだ里にいる。見捨てるなんてできない」

「そ、そうだよね」

二人が想定しているのは最悪のパターン。

自分たちが昼食を調達している間に、侵略者が里に攻めてきたというもの。

考えたくはないが、それなら今頃この先は大変なことになっているだろう。

悲鳴のようなものは何も聞こえない。

何事もなかったのか、それとももう全てが終わってしまったのかのどちらかだ。

「……落ち着いたかも。行こう」

「分かった」

ラルカは、カインの補助を受けながら立ち上がる。

これから自分たちは恐ろしい現場に行くのかもしれない。

しかし、竜人族として逃げることはできなかった。

凄《すさ》まじい緊張感の中、踏み出す一歩。

カインも気持ちは同じらしい。

二人に嫌な汗が流れていた。


「うっ……何この臭《にお》い」

里に入った瞬間。

ラルカとカインは、鼻をつく臭いについ顔を背ける。

いくつか家が壊されており、そこら中に血だまりができていた。

やはり、二人が外に出ている間に何かがあったということは間違いないようだ。

しかも、それは只事《ただごと》ではない。

侵略者――これで間違いはないだろう。

「ラルカ姉さん……母さんは大丈夫かな?」

「……そんなこと聞かないでよ」

「でも、この様子だと――」

「言わないで!」

ラルカの言葉を聞いて、カインはそれ以上何かを言うことはない。

本当はラルカ自身も分かっている。

恐らく自分たちの母はもう……。

だが、ラルカがそれを受け入れることはなかった。

それを受け入れてしまったら、頭がどうにかなってしまいそうだったからだ。

「……ねえ、ラルカ姉さん」

「え？」

「あ、あれって……」

そこで、カインが指さしたのは。

自分たちの家——ではなく、その前にある広場。

そこには、自分の目を疑いたくなる光景が広がっていた。

「そ、そんな……やだ！　やだやだ！」

積み重ねられている死体の数々。

本来なら武器の加工をしているであろう大人たち。

広場で遊んでいたはずの子どもたち。

そして——母。

信じたくない。

だが、目の前の光景は、これが現実だと言わんばかりに存在感を放っている。

この世界から一瞬音が消えたようにも感じた。

隣でカインが何か言っているが、それもよく聞こえてこない。

ただ、呆然《ぼうぜん》と死体を眺めているだけの時間が過ぎていく。

そんなラルカを。

現実に引き戻したのは、聞き覚えのない声だった。

「お？　まだ生き残りがいたのか」

その声を聞いて、ラルカはハッと意識が戻る。

本能が危機感を覚えるような声。

二人が確認するまでもなく、声の主は死体の山の陰から現れた。

「お前の仕業か！　この野郎！」

その声の主は、かなり特徴的な見た目をしている。

竜人？

だが、見た目は自分たちと大きく違っていた。

自分たちのように人間に近い容姿ではなく、ドラゴンに近い風貌《ふうぼう》をしているのだ。

角や尻尾《しっぽ》も遥《はる》かに大きい。

竜人の亜種だろうか。

「……やれやれ。ガレウス様も面倒な仕事を押し付けてくれたもんだ。もうお前らで最後なんだろうな？」

「質問に答えろ！　みんなを殺したのはお前か！」

「ああ、そうだ。それがどうかしたか？」

カインの怒鳴る声に、竜人（？）は余裕そうな笑みを浮かべる。

それは、怒っているカインを見て満足しているような様子だ。

殺しを娯楽程度にしか捉《とら》えていない。

そんな奴《やつ》に、どうして自分たちが狙《ねら》われる必要があるのか。

理不尽の塊のような男だった。

「ど、どうしてこんなことをしたの!?　私たちに何の恨みがあるの！」

「別に恨みがあるわけじゃないが——ガレウス様の命令だからなぁ」

「ガレウス様……？」

ラルカの問いには、聞いたことのない名前が返ってくる。

ガレウスとは一体何者か。

この男を従えているということは、それなりの実力者ではあるのだろう。

しかし、それを聞いても疑問が解決するわけがない。

逆に、二人の怒りはどんどんと増していった。

「ガレウス様は史上最強の魔王さ。そんな御方に目を付けられるなんて、運が悪い奴らだぜ」

「魔王!?　なんでそんな奴に私たちが狙われなきゃいけないのよ！」

「ラルカ姉さんの言う通りだ！　お前らは何が望みなんだ！」

「……いっぺんに話しかけられても困るんだよ。俺《おれ》って馬鹿《ばか》なんだからさ」

はあぁ——と一つのため息。

その後、ゆっくりと口を開く。

「俺は南の魔王軍幹部ダラズだ。そしてお前らを始末するために来た。邪魔になりそうな奴は最初に消しとくってことさ」

ダラズ——目の前の男はそう名乗る。

そして確かに言った、南の魔王軍幹部という情報。

南の魔王軍というのは聞いたことがないが、只者《ただもの》でないというのは明白だ。

まだまだ聞きたいことはたくさんあるものの、ダラズはもう答えてくれそうにない。

「よくも里のみんなを……！」

「まあ天災とでも思ってくれよ」

「ふざけるな！」

カインの怒りは止《とど》まるところを知らない。

それは、いつも近くにいるラルカでさえ見たことがないほどのものだ。

何かもう一つきっかけがあれば、カインはきっと攻撃を仕掛けてしまうだろう。

そうなれば、いくらラルカといえども止めることは不可能である。

カインの怒りを見て、先ほど取り乱したことを忘れたかのようにラルカは冷静さを取り戻していた。

ダラズは自分たちより何十倍も強い。

単純に攻撃を仕掛けたのでは、目の前の竜人たちと同じ目に遭うのは必至だった。

どうにかしてこの場を乗り切らないといけない。

幸い、ダラズは自分たちのことを舐《な》め切っている。

どうするべきか。

命の危険の前で、ラルカは必死に頭を回転させていた。

「遺言はそれだけでいいのか？　ならもう殺してやるぞ」

「クッ！　そんなことさせるか――」

「――うおおおおぉぉぉぉ！」

と。

カインが感情のままに手を出そうとしたところで。

死体の山の中から、一人の仲間が武器を持って飛び出してくる。

ずっと死んだふりをして攻撃のタイミングを窺《うかが》っていたらしい。

ちょうどダラズの死角に位置しており、奇襲としては完璧《かんぺき》なタイミングだ。

この攻撃は確実に当たる。

それは、仲間が飛び出した瞬間、直感的に理解できた。

ダラズとしてもこの仲間の存在は想定外らしく、驚いた表情を見せている。

「っと。痛ってぇ」

「え？」

「大人《おとな》しく死んでな」

……ダラズは腰に携えていた剣で仲間の体を一刀両断《いっとうりょうだん》する。

その場に撒《ま》き散らされる仲間の血。

一瞬だけ時間が止まったような気がした。

身長が半分になった仲間の体は、元いた死体の山にドサリと重なる。

ここまで綺麗な剣捌《さば》きだと、グロテスクさはもはや感じない。

ラルカはその光景を不思議な気持ちで――なおかつ、目を離すことなく傍観していた。

「そんな……」

仲間の攻撃は完璧にヒットしたはず。

その攻撃も、自分たちで加工した素晴らしい武器を使ってのものだ。

なのに、ダラズは全くダメージを受けた様子がない。

一体どうして――。

その理由は、ダラズ本人が自慢げに話すことになった。

「悪いな、俺の鱗《うろこ》はドラゴン並みだ。なまくらじゃあ斬《き》れねえよ」

ダラズは斬られた肩の部分を見る。

そこは、まるで何事もなかったかのように綺麗なままだ。

ラルカたちを嘲笑《あざわら》うがごとく、傷一つ入っていない。

ダラズが防具を着ていないのもこの鱗が理由なのだろう。

確かに、これほど丈夫な鱗に体が覆われているのであれば、防具など最初から着る必要がないのも納得だ。

むしろ、防具を着たらスピードが落ちてしまう分、デメリットにすらなるかもしれない。

「このクズ野郎……！　みんなの命をなんだと思って……！」

「弱肉強食《じゃくにくきょうしょく》だ。弱い奴が文句を言うんじゃねえ」

「もう許さないぞ！」

「――カイン!?」

遂に。

カインの怒りは限界に達したらしく、武器すら持たずにダラズに殴りかかった。
ダラズは、その遅すぎる動きを呆《あき》れたように見ている。
そして、先ほど竜人を殺したばかりの剣をカインに向けた。
ダラズからすれば、今のカインは攻撃に必死になって隙《すき》だらけの状態だ。
つまり――的としてはあまりにも簡単すぎる。
そのことは、ダラズだけでなくラルカもしっかりと理解していた。
「カイン！　危ない！」
「ね、姉さん!?」
ラルカはカインの肩を掴《つか》み、自分の方に引っ張る。
しかし。
その代わりに、引っ張った勢いのまま自分の体の方がダラズの前に出てしまった。
もう方向転換することはできない。
その流れのままに。
ダラズの剣によって、ラルカの体は貫かれた。
最後に見えたのは、ラルカの行動に動揺を隠しきれていないカインの表情である。
ラルカは、自分自身でも何故《なぜ》こんなことをしたのか分からなかった。
このままだとカインは殺される――それが分かった瞬間、体が勝手に動いていたのだ。
痛み、苦しみ、悲しみ。
様々な気持ちがラルカの中にあるが、後悔の気持ちだけは存在していない。

数秒後。

ラルカの命は……プッツリと途切れた。

「あ……あぁ……」

「んー？　女の方が死んだか。まあ順番なんてどうでもいいが」

残されたカインは、ラルカの死体を前に崩れ落ちる。

ラルカが自分を庇《かば》ったという事実。

さらに、自分が助けられたという情けなさ。

この二つが、カインの心を強く苛《さいな》んでいた。

自分の肩に残る――強く引っ張られた感覚。

それは、もう既に消えつつある。

ラルカが死んでしまったということを際立たせているような……そんな気がした。

「おい、かかってこいよ。姉の仇《かたき》だろ？」

「……」

「聞いてるのか？」

「……殺したきゃ殺せ」

ダラズの挑発に、カインは力の抜けた返事をする。

さっきまであった怒りの感情はどこにもない。

カインの体から力がどんどん抜けていく。

普通なら絶対にありえないこと。

しかし、カインは動こうとしなかった。

もう何もかもがどうでも良くなってしまったのだ。

もし奇跡が起こって自分が生き残ったとしても、ラルカが生き返るというわけではない。

そんな絶望感の中で、死を受け入れてしまっている。


「――カイン！　ラルカ！　大丈夫か⁉」

「――っ⁉」


突然、後方から聞こえてくる声。

当然ダラズの声ではない。

それは日頃から聞き慣れている声だ。

「みんな⁉」

そう、死んだはずの仲間たちの声。

死体の山だったものは、それぞれが動き出してもう山ではなくなっている。

全員が意志を持ち、傷を治して動き始めたのだ。

奇跡なんて言葉では言い表せない。

何が起こったのか。

カイン――そしてダラズは困惑していた。

「ど、どういうことだ！　俺はしっかりとどめを刺したはずだぞ⁉」

「――残念だったな。南の魔王軍」

誰だ――と急いで振り返るダラズ。

今起こっている全ての現象は、恐らくこの人物が原因だ。

ダラズはその人物の正体を全く分かっていないようだが、カインは声を聞いただけで見知った人物だと分かった。

「リ、リヒトさん！」

リヒト。

かつて、自分たちの母を難病から助けてくれた人間である。

どうして彼がこんなところに。

……そんなことはこの際どうでもいい。

彼は母親だけでなく、今度は里の仲間まで助けてくれたのだ。

感謝なんて言葉では言い表せない。

救世主――いや、それ以上の存在だった。

「なんだお前！　何をした！」

「見ての通りさ。竜人たちを蘇生《そせい》した」

「な、何だとぉ……！」

「いっぺんに蘇生するのは大変だったけどな――これで最後の一人」

そう言って、リヒトはカインたちの方に手をかざす。

「――え。か、かいん?」

「姉さん!」

眩《まぶ》しそうに再び目を開けるラルカ。

絶対に無理だと思っていたのに、リヒトの力によって本当に生き返ってしまった。

カインはラルカの手を強く握る。

そして。

もう動くことのないと思っていた姉は、その手をぎゅっと握り返してくれた。

「ふぅ。何とか間に合ったなの、リヒトさん」

「既に殺されてたけど……間に合ったということにしとこうか」

こうして、リヒトはダラズに殺された竜人を一人残らず蘇生した。

一度にここまでの人数を蘇生するのは初めてのため、少々不安な気持ちがあったものの、無事に成功してくれたらしい。

あとはアリアの命令通り、ダラズを倒して竜人たちの安全を確保するだけだ。

まともに力で勝負したら確実に敗北してしまうため、今回は相棒にフェイリスがいる。

しかも――いざという時には、アリアの元へ強制的に帰還させられるアイテムまで所持させられていた。

これは、リヒトが西の魔王に攫《さら》われた事件を意識してのものである。

一時期はリヒトが他《ほか》の存在に奪われないよう、ディストピアから出さないという案まで出たことがあった。

しかし、それでは他の仕事が滞ってしまうということで、最終的に今の状態に落ち着くことになったのだ。

「リヒトさんは前に出すぎないで。魔王様に怒られるなの」

「あぁ……そうだったな」

「——お前ら舐めてるのか？　小娘、そのちっぽけなナイフで何ができる？」

フェイリスはリヒトの袖《そで》を引っ張って、自分よりも少し後ろに立たせる。

これは、出発する前にアリアに指示されたことだ。

フェイリスはそれをしっかり覚えていたようで、リヒトの立ち位置が気になったらしい。

だが、ダラズが気に食わなかったのはその光景だった。

今のフェイリスは、全く警戒というものをしていない。

水色の髪とノースリーブのワンピースをヒラヒラと揺らしてリヒトと話している。

まるで自分のことを侮っているような。

そんなフェイリスの態度が気に入らなかった。

「アナタなんて、このナイフ一本で十分なの」

「ガキが……調子に乗るなよ」

「攻撃してこないいなの？」

「……ハハハ！　いいだろう、お望み通り殺してやる」

今までにないほどコケにされ、ダラズはもう何も言うことはなくなった。

ここはあえてフェイリスの挑発に応じる。

どのような能力を持っていようが、自慢の剣で斬り捨てるだけだ。

まずは一歩ずつフェイリスに近付いていき、その様子を窺う。

……まだフェイリスが動く気配はない。

やはり何かがおかしい。

フェイリスは何かタイミングを待っているようだ。

しかし。

ダラズは自分のプライドにかけて止まることができなかった。

ここで引いてしまっては、自分がこのガキに臆《おく》したということになる。

南の魔王軍幹部が——見ず知らずの小娘に、だ。

それは、自分だけでなく主《あるじ》であるガレウスにも泥を塗る行為。

決して許されるものではない。

「リ、リヒトさん！　あの人は大丈夫なんですか……？」

「フェイリスなら大丈夫だよ。ああいう馬鹿そうな相手ならなおさら」

「そ、そうなんですか……？」

カインの心配そうな視線に、リヒトは冷静な答えを返す。

フェイリスを知らないカインからしたら、ダラズ相手に到底勝てるようには見えないのだろう。

一見小柄で無表情な女の子——無理はない。

そう考えたら、心配になってしまうのも仕方のないことだ。

「あの、俺も何か戦った方が……」

「いや、必要ないと思う。むしろ邪魔になるかも」

「へ？」

手探り状態でカインは自分にできることを探すが、どうやらその必要すらないらしい。

リヒトが持つフェイリスへの信頼を見ると、本当に何もしない方が良さそうである。

こうなればカインがするべきことはただ一つ。

リヒトの信頼するフェイリスを信頼することだけ。

何も難しいことではなかった。

「あの世で後悔しな！」

「――っ！」

フェイリスの体を貫く剣。

根元まで深く突き刺さり、見事にその体を貫通していた。

そして剣を引き抜くと、フェイリスの血が溢《あふ》れてくる。

フェイリスは自分の血が出ていかないように押さえているが、それも焼け石に水の状態だ。

間違いなく致命傷。

やがて、立っていられるほどの力もなくなり、フェイリスはドサリと倒れる。

その後……ピクリとも動かなくなった。

「リ、リヒトさん⁉　フェイリスさんを助けないと！」

「いや、あれで大丈夫。もう終わったよ」

「も、もう終わった……？」

仲間が殺されているというのに、リヒトは至って冷静なままだ。

まるで当たり前の光景を見ているかのような。

そんな目である。

カインはリヒトに制されて、助けようとしていた足を止めた。

「——ッグオ⁉　グオオオォ⁉」

そこで。

ダラズが突如叫び始める。

それは痛みを訴えているような大声。

断末魔と言っていいかもしれない。

数秒前までは余裕そうな顔をしていたのに、今は苦しみに何とか耐えようとしている表情だ。

一体何が起こったというのか。

フェイリスは既に死んでおり、リヒトは一歩も動いていない。

当然自分たちも動いていない。

ならば誰が？

その答えは、段々と分かってくる。

「な、何だとォ……！　何をしやがった……！」

「もう少し考えて行動するべきだったな」

「このガキが！　殺してや——」

ダラズが立ち上がってリヒトに攻撃しようとした時――ダラズの胸から大量の血が溢れ出した。

硬い鱗で守られているはずの体に、大きな傷ができている。

見えない巨大な剣に貫かれたかのようだ。

流石《さすが》のダラズも、ここまでの怪我《けが》を負って動けるはずがない。

フェイリスの近くに、フェイリスと同じ体勢で倒れた。

「ほ、本当に終わった……？」

「勝ったのか……？」

「俺はアイツが死んでるように見えるぞ！」

周りの竜人たちがザワザワと声を上げ始める。

本当に自分たちは勝利したのか。

彼らが勝利を受け入れるのに時間がかかるのも当然だ。

あれほど強かったダラズが、リヒトたちによってあまりにも簡単に倒されたのだから。


「みんな！」


自分たちの勝利を伝えるべく、リヒトは大きく息を吸う。

「――勝負は付いた！　もう安心していいぞ！」

「や、やった――！」

「やったよラルカ姉さん！」

「うん……！　カイン！」

うおおおぉぉ――と周りの竜人たちが叫ぶ。

それは、目の前の脅威が去ったことに対する叫びではない。

リヒトたちを称賛する意味の叫びだ。

自分たちを助けてくれた英雄に、全力で捧《ささ》げる喝采《かっさい》。

里はその声以外に何も聞こえなくなる。

カインとラルカも、リヒトの前で喜びを分かち合っていた。

「《死者蘇生《ししゃそせい》》」

フェイリスを取り囲む魔方陣。

もうこれで何回目だろう。

リヒトも流石に手慣れた様子である。

「復活なの――って、ぎぎ……耳が張り裂けそうなの」

戦いを終えたフェイリスを蘇生すると、いつものようにパッチリと目を覚まして起き上がる。

ただ、いつもと違うのは、目覚めた瞬間に耳を塞《ふさ》いだということだ。

竜人たちの叫び声は、蘇生したばかりだとうるさすぎるらしい。

フェイリスはビックリしたようにリヒトを見ていた。

「お疲れ、フェイリス」

「お疲れ様……いや、それよりこれはどういう状況なの？」

「あー……、今は勝利したことを喜んでいるみたい」

周りの声に掻《か》き消されないよう、リヒトとフェイリスは顔を近付けて話す。

かなり簡単な説明だったが、フェイリスは何とか今の状況を理解したようだ。

周囲を確認して、この喝采が自分たちに向けられていることを確認する。

すると、今までにないような満足そうな表情を見せた。

「こんなに歓声を浴びたのは初めてなの。ちょっと嬉《うれ》しい」

「そうか。今のフェイリスは英雄だからな」

「へへ、えへへ」

フェイリスが満足したのは、自分が活躍したという証拠《しょうこ》を得たから。

これまでは、自分が活躍しても褒められる機会が少なかった。

こうして多くの存在が認めてくれるなんて、絶対にありえなかったことである。

「リヒトさん！　フェイリスさんもありがとうございました！」

「いや、当然だよ。間に合って良かった」

「あの……みんなを生き返らせてくれたのって、リヒトさんですよね？」

「そうだけど」

「す、凄《すご》いです！　本当にありがとうございます！」

リヒトとフェイリスのところへ最初にやって来たのは、やはりラルカとカインだった。

助けに来てくれたこと、ダラズを倒してくれたこと、仲間を蘇生してくれたこと。

伝えたい感謝は山ほどある。

今はまとめて伝えることしかできないが、本来なら一生をかけて返さなくてはいけないほどの大きな借りだ。

とりあえず今自分たちができることは言葉で感謝を伝えることだけ。

それを精一杯にやっていた。

「カ、カイン！　ラルカ！　無事だったのね！」

「お、お母さん！」

そんな時。

竜人たちの中を掻い潜《くぐ》って、母親が二人の元にやって来る。

そして、右にカイン、左にラルカを抱き寄せた。

リヒトはこの竜人を見たことがある。

いや、カインやラルカと同じく、忘れることができない。

彼女は、初めてリヒトがこの里に来た時、死者蘇生を応用して病気を治してあげた竜人だ。

まさかこんなところで再会するとは。

彼女もリヒトと同じように驚きの表情を見せた。

「あ、貴方《あなた》様は！　もしかしてあの時の！」

「お久しぶりです。体は大丈夫ですか？」

「も、もちろんでございます！　あの日から体の痛みは全くありません！」

「そうですか。良かったです」

「今回はそれだけでなく、みんなを蘇生までしていただけるなんて……」

母親は感動するようにリヒトを見る。

アリアの命令でここに来たリヒトだが、こうまで感謝されるとは想像すらしていなかった。

竜人は恩を大事にする種族らしい。

人間界にいた頃に聞いた竜人の情報とはだいぶ違う。

「リヒトさん。竜人たちには、《死者蘇生》のこと言ってなかったなの？」

「……言ってないな。色々事情があって」

「ならビックリするのも当然なの」

フェイリスは納得するように竜人たちを見る。

確かに《死者蘇生》の存在を知っていれば、ここまで大袈裟《おおげさ》に喜ぶことはないだろう。

《死者蘇生》を知らないからこそ、リヒトのしたことが奇跡だと思えたのだ。

現に目の前の竜人たちは、リヒトのことをまるで神でも崇《あが》めるかのように見ていた。

「お母さん！　私もリヒトさんに生き返らせてもらったんだよ！」

「え……ラ、ラルカまで！　ほ、本当にありがとうございます」

「いえいえ。気にしないでください」

「そういうわけにはいきません……！　これほどの借り――何年かけてでも返させていただきます」

母親は頭をいっぱいいっぱいに下げる。

それに連動して、カインとラルカも思いっ切り頭を下げた。

逆にリヒトが困ってしまうほどの感謝。

本当に何十年かかったとしても、借りを返そうという気持ちが伝わってくる。

ここまで感謝されてしまうと、当の本人であるリヒトも複雑な気持ちだ。

「と、とにかく皆さんが無事なら良かったです。駆け付けた甲斐《かい》がありました」

「そこまで私たちの心配を……どうしてリヒトさんは、私たちの里が襲われていると分かったのでしょうか？」

「それは——アリアが教えてくれたから」

「アリアさん……ですか？」

「ああ……俺たちのリーダーと言うか、アリアさんは凄い御方なのですね！」

「な、なるほど！　アリアさんは凄い御方なのですね！」

アリアを知らない竜人たちは、名前を聞いてもしっくりこない表情を見せた——が、リヒトたちのまとめ役ということを知ると、その凄さを身に染みて実感する。

竜人たちからすれば、リヒトは二度もの危機を救ってくれた恩人だ。

つまり心から尊敬する人間。

そのリヒトを従えているアリアは、竜人たちにとっても大切な存在である。

どこか巨大な組織に所属していることはぼんやりと分かっていたが、まさかその組織のリーダーの名を聞けるとは。

これまで何度か貴重な武器加工の依頼を受けたが、アリアがその持ち主だと考えれば頷《うなず》ける。

「ぜひぜひアリアさんにも感謝していますとお伝えください」

「りょ、了解です」

「リヒトさん！　今日はもう戻られるのですか！　私たちに、おもてなしさせていただきたいです！」

「ラルカ姉さんの言う通りです！　せめて疲れが取れるまで休んでください！」

「それは凄くありがたいんだけど……気持ちだけもらっておくよ」

「え!?　ど、どうしてですか!?」

リヒトは、ラルカとカインの提案を少し考えて残念そうに断る。

その表情には、申し訳なさの気持ちが顕著に表れていた。

優しいリヒトが断るということは、本当に断らざるを得ない理由があるのだろう。

そう考えてみれば、さっきからリヒトはダラズを倒したというのにあまり浮かれた顔をしていない。

むしろ、まだまだ戦闘は終わっていないと言わんばかりの緊迫した様子だ。

「俺たちには仕事が残ってるんだ。その気持ちは、全てが終わった時に取っておいてほしい」

「私たちに何かできることは――！」

「残念だけど、多分何もないと思う」

「そ、そうですか……」

カインとラルカに訪れる無力感。

恩人のリヒトが大変な思いをしているというのに、自分たちは何もしてあげることができない。

そんなもどかしさに苛まれていると、リヒトから二人をフォローする言葉が出た。

「大丈夫。竜人のみんなは武器や防具の加工で俺たちを助けてくれてるから」

「お、お力になれているのでしょうか……」

「十分。アリアも感謝してたよ」

「っ、ありがとうございます！」

カインとラルカはもう一度深く頭を下げる。

不安に思うことはない――リヒトはそれを教えてくれた。

自分たちは、自分たちにできることで力になればいい。

当たり前だが、焦りによって忘れていたことだ。

「リヒトさん、そろそろなの。イリスとティセのところに行かないと」

「そうだな。じゃあ行くぞ」

「あ、あのっ！　お気を付けて！」

「――ありがとう。また来るよ」

カイン、ラルカ、そして仲間たち全員でリヒトとフェイリスの背中を見送る。

また来るよ――という言葉を信じて。

今の自分たちにはこれで精一杯だ。

「フェイリス、間に合いそうか？」

「分からない。イリスとティセだから、多分大丈夫だと思うけど」

「……急ぐぞ」

こうして、リヒトは戦っているであろう二人の元へ向かうのだった。

第三章　エルフの苦難

「うーん、素晴らしい輝きです」

光にかざされて美しく光る宝石。

これは、自分の国のエルフを人材派遣する代償として貰《もら》ったものだ。

この宝石の元々の持ち主は魔王アリア。

魔王というだけあって、宝石の質はかなり良い。

自国のエルフたちは、この宝石と同じ価値があると認められている。

そう考えたら、少しだけ誇らしく感じた。

「お姫様。ディストピアに派遣していた者たちが戻ってきました。面会を求めているのですが、お時間は大丈夫でしょうか」

「はい、もちろんです。入れてください」

エルフの国。

その国を統治している姫のアルシェは、派遣先から戻ってきたエルフたちを快く迎え入れる。

他国への派遣はこの国史上初めての試みであり、とても興味深い内容だ。

現在は午前の仕事を終える直前。

決して暇とは言えない時間であるが、それでも戻ってきたエルフたちから話を聞くために立ち上がった。

「失礼いたします。お姫様」

従者は扉の外で一礼し、丁寧にアルシェの部屋の扉を開ける。

この瞬間は、やはりどれほど仕えていたとしても緊張してしまう。

アルシェは憧《あこが》れの人物であり、圧倒的に上位の存在だ。

何か粗相をしないよう、細心の注意を払いながらの従事。

心臓が高鳴ってしまうのも無理はない。

しかし、それでミスをしてしまうのは論外である。

戻ってきたばかりのエルフたちを引き連れ――アルシェの前に立つ。

そこには、いつもの美しいアルシェの姿があった。

「た、ただいま戻ってまいりました！　南区のミリアと申します！　お姫様のおかげで、貴重な体験をすることができました！」

派遣に参加したエルフたちを代表して、ミリアがアルシェの前で背筋を伸ばして報告を始める。

ハッキリとした大きな声――だが、その声からはただならぬ緊張を感じた。

アルシェと話すことに慣れていないのだろう。

アルシェはこの国のエルフなら全員が尊敬している姫。

ミリアの緊張は当たり前のことであり、誰《だれ》もそれを責める者はいない。

「フフ、おかえりなさい。楽しかったですか？」

「は、はい……！　とっても楽しかったです！」

「それなら良かったです。お疲れ様でした」

「あ、ありがとうございます！」

アルシエの労《ねぎら》いの言葉。

その言葉に、ミリアはこれ以上ないほど嬉《うれ》しそうな反応を見せる。

この一言だけで、ミリアの緊張はほぼ解けていた。

後ろにいるエルフたちも、釣られて感謝の言葉を述べてしまいそうだ。

アルシエに褒められるエルフたちに、従者も少しだけ嫉妬《しっと》してしまうほど。

それほどまでに、アルシエの言葉には不思議な魅力がある。

「魔王様の元はどうでした？　新しい発見などありましたか？」

「はい！　魔王様のディストピアには様々な種族の人がいて、とても面白かったです！」

「なるほど、魔王軍は多様性を重視しているのでしょうか。どのような種族の人がいましたか？」

「特にヴァンパイアのロゼさんが凄《すご》かったです！　夜も寝ずに一日中働いていても、全然疲れた様子を見せていませんでした！」

アルシエはニコニコと嬉しそうにミリアの報告を聞く。

まるで自分の子どもが成長してくれているようで微笑《ほほえ》ましい。

このまま聞き続けていたら、何時間でもディストピアのことを話してくれそうだ。

それに、魔王軍の情報には純粋に興味がある。

アルシェもずっとこの国で暮らしてきたため、外の世界を見た回数は片手で数えることができた。

ヴァンパイアのことなんて、普通なら話を聞くことすらできなかったであろう。

「フフ。一応聞いておきますが、ミリアはちゃんと睡眠を取れましたか？」

「もちろんです！　むしろ、夜まで仕事をしていたら、ロゼさんが私の代わりにその仕事を引き継いでくれることもありました！」

「あらあら。仕事熱心な御方なのですね」

意外なミリアの報告。

魔王の元で働かせるということで、多少アルシェも心配する気持ちがあったのだが、どうやらそれは杞憂《きゆう》に終わったらしい。

酷使されるということはなく、リヒトの言っていたようにお手伝い程度の仕事だった。

ミリアを含めた全員が満足そうにしているため、初めての試みにしては大成功と言えるはずだ。

「あと、ハイエルフのお二人に楽器を貰いました！　竹に穴を開けて作るみたいですが、とても綺麗《きれい》な音なのでお姫様もぜひ！」

「楽器？　見たことのない形ですが、あのお二人の国にあったものでしょうか」

「そうみたいです！　この国でも広められればと！」

「なるほど、良いですね。みんなに見せてあげましょう」

ミリアが差し出したのは、イリスとティセから貰った一つの楽器。

名前は忘れてしまったが、彼女たちが住んでいた国にあったもののようだ。

素材は竹であり、この国でも生えている場所はある。

お土産《みやげ》として貰ったものだが、みんなにもぜひ知ってほしい。そう思ってミリアは大切な宝物をアルシェに渡す。

それに対して、アルシェも興味深そうにその楽器を見つめていた。

ハイエルフに伝わる楽器なんて、かなり希少性が高いもの。

その情報を手に入れようとするなら、かなりの時間と労力を必要とする。

そんなものを入手できるとは期待以上の仕事だ。

これなら他《ほか》のエルフたちも貴重な経験ができるはず。

こういうもの以外でも、魔王から面白い話が聞けるかもしれない。

これが次の派遣の規模を拡大する大きな一手となった。

「次の派遣は数日後ですが、今度はもう少し人数を増やしてもいいかもしれませんね」

「ほ、本当ですか！　志願者が多かったので、みんな喜ぶと思います！」

「はい。リヒトさんに頼んでみます」

「ありがとうございます！　次の派遣が楽しみです……！」

ミリアはペコリと頭を下げ、それに続いて後ろのエルフたちもお辞儀をする。

面会時間の終わりだ。

アルシェの満足そうな顔。

そして、ミリアたちは笑みをこぼしながら部屋を出ていくことになった。

「……お姫様。どうなされますか？」

「リヒトさんに連絡をお願いします。これからも派遣は続けさせていただく予定です」

「かしこまりました」

従者は慣れたようにメモを取る。

本来なら目の前でこのような行動をするべきではないのだが、アルシェがそれを咎《とが》めることはない。

アルシェの優しさというのも当然あるのだが、従者がメモを取らなければならないほどに多忙であることを知っているからだ。

むしろ、良く働いていますね――と褒めてあげたいくらいである。

「あ、付近の魔物退治も依頼しておかないと……近頃《ちかごろ》増えてきていますから」

「昆虫《こんちゅう》系の魔物――確かによく見かけますね」

「何か不吉な感じがします」

「魔物が増えてきた原因などあるのでしょうか……？　もしそれが分かれば、対策をすることもできると思うのですが……」

アルシェは追加で一つの命令を与える。

それは、国の周りにいる魔物についてのこと。

従者もその問題には気が付いていたらしい。

ただ処理するだけでは同じことの繰り返しであるため、アルシェは打開するための策を考える。

そして、魔物が現れる原因については心当たりがあった。

「そういえば、魔物は魔力の強まっているところに集まると言いますね。それが関係あるかもしれません」

「魔力……ですか。私たちの国で魔力が強まることは考えにくいと思いますが……」

「別にこの国で魔力が発生しているというわけではありません。強力な魔力がこの国に向けられているとしても、同じようなことは起こります」

「な、なるほど」

「考えたくはありませんが、どこか私たちの国を狙《ねら》っている悪者がいるのかもしれませんね……警戒をしておきましょう」

「はい。そちらについてもリヒト様に報告しておきます」

……という形で話はまとまる。

リヒトたちに頼ることになってしまうが、自分たちだけで解決できそうな問題ではないため仕方がない。

もしかしたら、リヒトたちが魔物の増えている原因まで突き止めてくれる可能性だってあるのだ。

信頼して任せるべきだろう。

自国の防衛力を整えるのにはもう少し時間がかかる。

それが終わるまで、どうしてもリヒトたちの力は必要だった。

「では、よろしくお願いしますね。私は仕事に戻ります」

そう言うと、アルシェは中断していた仕事に手を付け始める。

いつも通りの日常。

今日は天気も良く、外にいるエルフたちの笑い声も聞こえてくる。

アルシェも鼻歌交じりに手を動かしていた。

次の派遣に行くエルフたちを決めなければいけない。

きっとまた素晴らしい体験をしてくれるだろう。

そう考えたら、この作業も楽しく感じてしまう。

しかし。

この後に起こる悲惨な出来事を、アルシェはまだ知る由《よし》もなかった。

＊＊＊

「ミリア！　お姫様、喜んでくれてたね！」

「うん……！　緊張したけど、報告できて良かったよー」

アルシェへの報告を終え、神光樹の木陰で休憩を取っているミリアたち。

神光樹とは、この国の中央にある大木のことだ。

この国のシンボルと言っても過言ではない。

どういうわけか、神光樹の近くにいると安心する。

何か仕事を成し遂げた後にはうってつけの場所だった。

家に帰る前に、もう少しだけここにいたい。

……本当は家に帰って両親に報告するべきなのだが、まだ心の準備というものができていなかった。

ミリアの両親は派遣に反対している。

ミリアは外への憧れからそれを何とか押し切って派遣に参加したため、少しだけ再会するのが怖いのだ。

怒られるだろうか——それとも帰りを喜んでくれるだろうか。

自分は派遣で得られた経験を話すつもりだが、それを聞いてもらえない可能性だってある。

もしかすると、アルシェに会うよりかも緊張しているかもしれない。

「じゃあ私は家に帰るね。お母さんに話したいこともいっぱいあるし！」

「分かった。また明日ね」

「ミリアはまだここにいるの？」

「……そうだね。もう少しここで休もうかな」

「ふーん……まあいいや」

じゃあまたね——と。

ミリアはフラフラと手を振る。

もう別れてしまうのは寂しいが、彼女たちの親が待っているから仕方ないのだろう。

自分もそろそろ帰らなくては。

……なんてことを考えていた時だった。

「——わっ⁉」

ドガーン、と。

とてつもない轟音《ごうおん》が、どこか遠くから聞こえてきた。

ミリアは反射的に耳を塞《ふさ》ぐ。

只事《ただごと》ではない様子だ。

それはまるで雷でも落ちたかのような。

そんな轟音であった。

「ミ、ミリア。今の音聞いた？」

「うん……何かあったのかな？」

「まさかとは思うけど、敵が来たっていうわけじゃないよね？」

「て、敵？　見張りの人がいるから、それはないと考えたいけど……」

ミリアは立ち上がって木陰の外に出る。

太陽がちょっとだけ眩《まぶ》しい。

それ以外は、いつもと特に変わりのない光景だ。

自分たちがいるのは国の中心部。

もう少し先に行けば、何が起こっているか分かるかもしれない。

「……私、行ってみるね」

「え？　大丈夫なの？　危ないかもよ……？」

「様子を見てくるだけだから。もし何かあったら、すぐに戻ってくるから心配しないで」

「そっか……私はお父さんとお母さんのところに行かなくちゃ」

「うん。気を付けて」

「ミリアこそ」

そう言って、今度こそ二人は別れる。

ミリアが騒ぎの起こっているところへ行く必要は全くないが、今は両親に会わないでいい理由が欲しかった。

それに加えて、好奇心の強い性格がミリアの足を動かしている。

このまま家に帰っても、今日はスッキリしない夜になるだろう。

それくらいなら多少時間を使ってでも見に行く方がマシと思えた。

「あ、ミリア！　久しぶり！」

「リ、リリカ!?　久しぶりだね」

そこで、ミリアは一人の友達に遭遇する。

リリカ――優しくて仲のいい女の子だ。

そして、リヒトたちと初めてコンタクトを取ったエルフでもある。

まさかこんなところで会うことになるとは。

家が少々離れているため、このようにして約束せずに偶然会うのは珍しい。それだけに、普通に会うよりかも嬉しく感じてしまう。

「リリカは何してるの？」

「えっと、買い物に来てたんだー。ミリアは？」

「私はディストピアへの派遣から戻ってきたばかり。家に帰ろうとしてたけど、騒ぎをちょっと見に行こうかなって」

「すごい！　リヒトさんのところに行ってたんだ！　どうだった!?」

リリカは目をキラキラさせてミリアに問いかける。

ミリアに対する視線は尊敬そのものだ。

リリカにとってディストピアは特別らしい。

しかし、そう考える気持ちもミリアには分かる。

確かリリカは、大蜘蛛《ぐも》に襲われているところを、ディストピアのメンバーであるリヒトたちに助けられた過去があるはず。

その事件があってから数日は、ずっとリヒトの話をしていた。

派遣に興味を持つのも当然のことだ。

「リヒトさんはディストピアでも優しかったよ。不慣れな私にも分かりやすく教えてくれたし」

「だよねー！　いいなー。私も行ってみたいなー」

「リリカも志願したらいいのに」

「そうなんだけど、お父さんが忙しそうだから時間が取れないんだよね……でも、今度志願してみることにするよ！」

——と、リリカの野望を聞いたところで。

ミリアは元の話に戻す。

「リリカはさっきの音聞こえた？」

「うん。すごい大きな音だったね。何があったんだろう」

「ねえ、一緒に見に行ってみない？　どうしても気になってさ」

「いいよ――というか、帰り道の方向だし」

「あ、そうだったね。ごめんごめん」

ミリアは恥ずかしそうに笑う。

あの音が気になりすぎて、当たり前のことを忘れてしまっていた。

自分の悪い癖だ。

「――そうだ。このあと私の家でゆっくりしていってよ。買ったばかりのクッキーもあるし、リヒトさんの話とかもっと聞きたいし！」

「いいの？」

「もちろんだよ。楽しみだなぁー」

リリカとミリアはそれぞれに期待を込めて。

手を繋《つな》ぎながら歩き始めたのだった。


「うわああああぁぁぁ!?」

「いやあああぁぁぁ！」

「やめてぇえ！」

「た、大変だ……」

二人が騒ぎのあったところへと向かうと。

そこには、地獄と言っても過言ではないような光景が広がっていた。

魔獣によって食い殺される者。

逃げようとして押しつぶされる者。

既に何者かによって殺されている者。

リリカとミリアにとっては、あまりにも衝撃が強すぎる。

「ミ、ミリア……どうしよう！」

「どうしようって言われても！　こんなことになってるなんて……」

「だ、誰か大人《おとな》の人を呼ばなくちゃ……」

「その大人が殺されちゃってるんだよ！」

買い物袋を落としてパニックになるリリカ。

そして何とか冷静でいようとするミリア。

二人が一言発する間に誰かが殺されていく。

あんな魔獣見たことがない。

巨大カエルのような見た目の魔獣や、ネズミのような見た目のものまで。

この国の周辺にはいないはずの生物だ。

そうなれば分かることが一つ。

この魔獣は、何者かによって故意に持ち込まれた。

そんな真実に気付いた時。

「あれれ。こんなところにもいたのにゃ」

「ひっ!?」

ポンと二人の肩に手が置かれる。

聞いたことのない声。

ミリアは恐るおそる後ろを見た。

「意外とエルフは数が多いんだなぁ。これならもっと魔獣を連れてくればよかったにゃ」

「だ、誰……?」

「僕?」

そこにいたのは、猫の耳を生やした細身体型の獣人であった。

ミリアが獣人を見るのは初めてではない。

珍しい存在ではあるものの、たまに旅人の獣人が国を訪れることがある。

そのような獣人に比べると、目の前の獣人はどこか圧倒的に違う雰囲気があった。

「僕は南の魔王軍幹部、シフィルだよ。にゃは」

シフィル――名前はよく聞き取れなかったが、恐らくこれで合っているだろう。

しかし、それよりも気になる情報が名前の前にあった。

南の魔王軍幹部。

得意げに放ったその言葉――これを聞き流すことはできない。

一瞬だけアリアの仲間かと錯覚もしたが、それはないと自分の中で即否定される。

ディストピアにこのような獣人はいなかったはず。

そもそも、アリアの仲間だとしてもこの獣人がエルフの国を攻撃する理由が分からなかった。

つまり、この獣人はアリアとはまた別の魔王軍。

そして自分たちの敵だ。

「ねえ、この国のトップってどこにいるのにゃ？　さっさと仕事を終わらせたいんだけど」

「トップってお姫様のこと……ですか？」

「リリカ！　言っちゃダメだよ！」

「あっ」

リリカはハッと口を押さえるも、時すでに遅し。

シフィルはふーんといった反応を見せている。

緊張により、ついつい口が滑ってしまった。

リリカに流れる冷や汗。

一瞬だけシフィルと目が合った。

「お姫様ね。なるほどにゃー。じゃあその人の首を持って帰ればいいか」

「ひっ⁉　そ、そんな酷《ひど》いことやめてください！」

「ごめんねー。かわいそうだけど、ガレウス様の命令だからさ」

ニヤニヤと笑いながら、シフィルはツリーハウスの方を向く。

……そこは、アルシエの住んでいるところだ。

リリカの目線から、アルシエのいる場所を読み取られてしまった。

さらにシフィルが指笛を鳴らすと、エルフを蹂躙《じゅうりん》していた魔獣たちが一斉に同じ方向を見る。

凄《すさ》まじい統率力。

テイマーだとしても、ここまで従順に魔獣を操れることが信じられない。

きっとシフィルは魔獣を引き連れてツリーハウスへと向かうだろう。

このままではマズい。

それだけは、直感的に理解できた。

何か対抗策を考える前に、リリカはシフィルの袖《そで》をギュッと掴《つか》む。

「ん？　なに？」

「あ、あなたを行かせるわけにはいきません……」

「戦うつもりなのかにゃ？　子どもの首は別にいらないんだけど」

「……」

「はぁ……まったく」

呆《あき》れたようなため息。

多少脅してみても、リリカは袖を放そうとはしない。

姫に対する忠誠心というやつであろう。

それに関しては、自分もガレウスに絶対の忠誠を誓っているため理解できる。

しかし、理解できるからと言って見逃《みのが》すというわけではない。

ここまで邪魔をしてくるなら、さっさと殺すしかなくなった。

「あんまり汚したくないんだけどにゃあ」

シフィルは自分の手で殺すことに乗り気ではなかった。

それは、自分の身が返り血で汚れてしまうから。

一度血を浴びると、その臭《にお》いが数日ほど残ってしまう。

それだけでも面倒なのに、大事な尻尾《しっぽ》に付着する可能性だってあるのだ。

だからこそ、いつもは自分の従えている魔獣に血が飛び散る仕事はやらせている。

今回もそうしたかったが、魔獣たちはツリーハウスに向かわせたばかりであるため、今さら呼び戻すことはできない。

「じゃあね」

「っ……」

シフィルが正面に振り返ると、リリカはびくりと目を瞑《つむ》る。

隣のミリアは、腰が抜けて動けずにいた。

もう一度深いため息。

怖いなら逆らわなければいいのに――と。

シフィルは心の中で呟《つぶや》きながら手を伸ばす。

そして触れた。

刹那《せつな》。

「――っあ！　痛ったぁ!?」

右手に走る激痛。

リリカを始末するために力を入れようとしたら、急に何者かに攻撃された。

自分の右手を見ると、手首から先の部分がない。

その切断部は、まるで包丁で切り分けられた肉のように綺麗だ。

ミリアはそれに驚いた顔をしている。

リリカに至ってはまだ目を開けてすらいない。

この二人の仕業でないことは明らか。

ならどこのどいつが。

シフィルはツリーハウスの方を見た。

「――ッチ。アイツが姫か。まさか見てたにゃんて」

シフィルの驚異的な視力が捉《とら》えたのは、ツリーハウスの中からこちらを見ている一人のエルフ。

長い髪に綺麗な瞳《ひとみ》――そして存在感のある胸部。

他のエルフとは圧倒的に風格が違った。

間違いなくあのエルフがこの国の姫だ。

シフィルが睨《にら》んでいると、そいつはニコリと笑い返す。

挑発しているかのような笑み。

こうなれば、シフィルが取る行動は一つしかない。

「君たちには姫の首を運ばせてあげるよ。もう少ししたらね」

と言うと、シフィルは地を大きく蹴《け》ってツリーハウスへと急いだ。

流石《さすが》にこの距離で有効的な攻撃はできない。

直接ツリーハウスに乗り込んで首を取るしかなかった。

あの顔が苦しみの表情に変わる瞬間を見たい。

その表情を想像するだけで右手の痛みなど忘れてしまいそうだ。

フフフとシフィルも不敵に笑う。

「い、行っちゃった……」

ただただ。

リリカとミリアは、シフィルの背中を見ていることしかできないのであった。

＊＊＊

「お姫様！　大量の魔獣がこのツリーハウスに迫ってきています！」

「分かっています」

「ど、どうなされますか！　このままでは大変です！　民たちも多くが犠牲《ぎせい》になってしまって──」

「落ち着いてください。大丈夫です。冷静になって」

迫りくる魔獣たちに慌てている従者を、アルシェはゆっくりと落ち着かせる。

想定外の事態に全てのエルフが困惑しているが、アルシェだけは至って冷静なままだった。

自分まで混乱してしまったら、この国は本当に終わりだと分かっているのだろう。

魔獣たちが完全に攻め込んでくるまで数分。

逆に言うと、数分だけならまだ時間はある。

「とにかく民たちを避難させてください。それとリヒトさんにも連絡を」

「か、かしこまりました──が、お姫様は……」

「私は皆さんが逃げる時間を稼ぎたいと思います」

「い、いけません！　お姫様を置いて逃げることなど！」

アルシェの言葉に、従者は初めて反論をする。

今までは、アルシェの命令ならどのようなものでも受け入れてきた。

しかし、これぱっかりは受け入れることはできない。

自分だけでなく、他の従者たちもきっと同じ気持ちだ。

アルシェを置いて逃げるくらいなら、自分もアルシェと共に戦いたい。

たとえ足手まといだと分かっていても、そんなわがままを言ってしまうほどに衝撃的な発言だった。

「大丈夫です。私も隙《すき》をついて逃げるつもりですから」

「で、ですが――」

「それに、どうやら敵の狙いは私一人のようです。私が一緒に逃げても、皆さんを巻き込んでしまうだけでしょう」

「い、一体どうしたら……」

「私を信じてください。それだけです」

従者が言い返せないまま数秒。

本当なら泣きついてアルシェを説得したいが、そんなことをしても何も解決しないことは分かっている。

むしろ、自分が粘ってここにいる時点で、アルシェに多大な迷惑をかけているのだ。

アルシェは一秒でも早くエルフたちを逃がしたいはず。

そんな思いを、たかが従者である自分一人の行動で水の泡にしてもいいのか。

答えは当然ノーだ。

ここでアルシェの言うことを聞いてこそ、本当の忠誠だと自分に言い聞かせるしかない。

……それに自分が納得していないとしても、である。

「お姫様……」

「魔獣には気を付けてくださいね。他にも潜んでいるかもしれませんから」

「……分かりました」

従者は元気のない声で返事をすると、すぐにツリーハウスから駆け出した。

自分が無駄にしてしまった数十秒を取り返すため。

そして、アルシェの守ろうとしているエルフたちを守るため。

今の従者にできることは、アルシェを信じてここから離れることしかない。

「……ふぅ。辛《つら》い思いをさせてしまいましたね……」

従者が避難している民たちの元へ向かったことを確認すると、アルシェは安心したように胸を撫《な》で下ろす。

とりあえず、これで最低限の被害で済みそうだ。

先ほどシフィルの腕を吹き飛ばしてから数分。

もうそろそろシフィルが乗り込んできてもおかしくない。

シフィルがどのような能力を持っているのかは不明だが、自分が不利であるということだけは明白だった。

「魔獣たちもどうにかしなくてはいけませんし……かなり厳しい状況ですね」

アルシェは窓から外を見る。

そこには、やはり悲惨な光景が広がっていた。

既に死んでいる者もいれば、ちょうど今殺されている者もいる。

できれば助けてあげたかったが、もう手遅れの状態の者がほとんどだ。

だからこそ、リリカとミリアを何とか助けられた喜びが大きい。

「《風刃《ふうじん》》」

アルシェの攻撃によって、外にいた魔獣が一体だけ死亡する。

しかしそれも焼け石に水。

外の魔獣が一匹減ったところで、状況は有利になるわけでもない。

仕返しにすらなっていないであろう。

「さて――」


「どうもー。従者にお別れは済ませたのかにゃ？」

「ええ。盗み聞きだなんて趣味が悪いですね」

ツリーハウスの窓を蹴り破って。

体を捻《ひね》りながらシフィルは部屋に侵入した。

外側から爪《つめ》を引っかけて登ってきていたらしい。

そこまで登りやすい造りではなかったはずだが……シフィルにとっては問題のない壁だったようだ。

「聞くまでもないかもしれませんが、何の御用でしょうか」

「お姫様の首を持ち帰りに来たよ」

「……なるほど。それは抵抗せざるを得ないですね、シフィルさん」

「せいぜい頑張って――あれ？　なんで僕の名前知ってるの？」

「リリカたちとのやり取りを聞いていましたから」

「……盗み聞きしてるのはそっちもじゃん」

シフィルは、先ほど言われたことを根に持つかのように言い返す。

それを受けてもなお、アルシェはニコニコと余裕な態度を崩さなかった。

まるで心を見透かされているかのような、そんな視線である。

目の前にはシフィルがおり、ツリーハウスの周りも魔獣に囲まれている状態。

なおかつ、国のエルフたちが多数殺されているというのに、このアルシェの余裕は何なのだろうか。

ビクビクと怯《おび》えていればいいものを。

ここまでくると気味が悪い。

「確か南の魔王軍でしたよね？」

「そうだけど、なに？」

「運が悪いと言いますか……相手が悪いと言いますか」

「？　どういうことかにゃ？」

「今行っている侵攻は、早急に止めた方がいいですよ。アナタたちのことを思って言っています」

アルシェの忠告。

それは、今すぐに侵攻を止めろという内容だ。

シフィルはその内容を理解することができない。

これは命乞《ご》いのようなものと捉えてもいいのか。

普通に考えたら、死にたくないアルシェが一縷《いちる》の望みにかけたようなセリフである。

だが、目の前のアルシェの表情は決してそのようなものではなかった。

本気で諭《さと》すような表情。

その目は、シフィルたちに同情しているものだ。

「フン、勝手に言ってればいいにゃ。結局お姫様は死ぬから関係ないし」

「フフ、そうかもしれませんね」

「……すぐ笑えないようにしてあげる」

ニコニコとした笑みを崩さないアルシェの胸ぐらを、シフィルはがっしりと掴む。

「外に出る覚悟はある？」

「ええ――」

アルシェの答えを聞く前に。

シフィルは、蹴り破った窓へとアルシェを突き飛ばした。

アルシェはそれに逆らうことなく、窓の外へと羽のように落ちていく。

時が止まったように感じる滞空時間。

そんなアルシェを見つけると、周りにいる魔獣たちは目の色を変えて押し寄せ――。

アルシェに向かって牙を剥《む》いた。

「《エアバレット》」

大きく口を開けた魔獣の口に、アルシェは風の弾丸を打ち込む。

自然の力を使った攻撃は、アルシェが最《もっと》も得意とするものだ。

いくら強い魔獣といえども、体内に直接魔法を撃ち込まれてしまえば、致命傷は避けられない。

アルシェの魔法は、口内から中に侵入し、やがて硬い皮を突き破って外に出た。

それを受けた魔獣は……当然死に至る。

「あ、僕の魔獣が」

「《ルートウィップ》」

シフィルが困惑している間も、アルシェが攻撃を止めることはない。

地面から出てきた根っこが魔獣をしめつけ、体中の骨を即座に砕く。

自然の力強さを表しているかのような強度。

魔獣程度の力では、振りほどくことなど不可能だ。

――それと同時に。

アルシェとシフィルの周りに、魔獣が通れないサイズの柵《さく》を作った。

半径十メートル程度。

その中には、当たり前だがアルシェとシフィルしかいない。

周りの魔獣たちは即席の柵を壊そうと暴れているが、ミシミシと音を立てるだけで一切壊れる気配はなかった。

アルシェが基本的に使う魔法は自然の力を使用したもの。

風を操り、木々を自由に動かす。

これを応用することで、風を弾丸のようにしたり、木の根で即席の柵を作ることができるのだ。

これを知らなければ、初見で対応するのはかなり難しい。

「どういうつもりにゃ？」

「数では絶対に勝てませんから、こうするしかありませんでした」

「ふーん。これなら勝てるってこと？」

「そうですね」

「舐められたものだにゃ」

アルシェの挑発のような行為に、シフィルはチッと舌打ちをする。

一対一なら勝てると踏んでいるらしいが、それは大きな間違いだ。

魔獣を引き連れているが故に、単体なら弱いと思っているのだろうか。

国の姫としてチヤホヤされているだけの存在に、自分が負けるわけがない。

と。

シフィルの闘志に火がつく。

「《エアバレッ――」

「遅い」

アルシェが攻撃しようと腕を動かした瞬間。

シフィルは地面を強く蹴って跳ねた。

それも上にではない。

シフィルが飛んだのは横。

柵に着地して、さらにもう一度強く跳ねる。

ギリギリ目で追えるか追えないかのスピードだ。

アルシェの魔法は見事に外れた。

「……これが獣人族のスピードですか」

「こんなもんじゃにゃいよ」

「――っ！」

圧倒的なスピードでアルシェの腕が切りつけられる。

その痛みで初めて攻撃されたことに気付くほど速い。

幸い切断されるほどのダメージではなかったが、このままだともっとマズいことになりそうだ。

血が服に滲《にじ》む。

アルシェは急所を隠すように構えた。

「《エア――》」

「当たらないよ！」

「くっ……」

戦い慣れていないアルシエ。

そんな彼女が攻撃をしようとする際には、どうしても隙が生まれてしまう。

シフィルからしたら、それは無防備と言っても過言ではないほどの隙だ。

気の張った戦闘中――シフィルがそれを見逃すわけがない。

無防備な背中を蹴り。

それでまたアルシエが怯《ひる》む。

怯んだアルシエに対して、さらに加えられる一手。

誰が見ても分かるほどの劣勢だ。

「にゃっはー。どうしたの？　こんなものなの、お姫様？」

「……」

さっきまで余裕そうだったアルシエだが、遂に苦痛の表情を浮かべる。

シフィルはその変化を見逃していなかった。

アルシエを煽《あお》るかのように投げかける声。

彼女の苦しむ姿がたまらない。

このままずっと、いつまでも見ていられそうだ。

「柵で囲んだのは間違いだったね。急だったから驚いたけど、ここは僕に有利なステージみたいだよ」

「そうかもしれませんね。でも、時間を稼げたからいいんです」

「……はあ？」

「じっくりと私を殺したかったのかもしれませんが、墓穴を掘りましたね」

「さっきからずっと訳の分からないことを」

意味不明な発言を繰り返すアルシェの顔を。

シフィルは思いっきりひっぱたく。

生まれてから一度も傷付けられたことのない顔は、シフィルの手によって赤く腫《は》れた。

「もういいや、満足した。あんまり遅れるとガレウス様に怒られちゃうし」

「そうですか……助かりました。これ以上顔を傷付けられたら、みんなに心配されてしまいます」

「いや、もう死ぬから関係ないでしょ？」

「いいえ、そんなことはありません。流石リヒトさんたち。仕事が早い」

「？　いい加減に――」

もう一回アルシェの顔をひっぱたこうとしたところで。

柵の外にいる魔獣の中の一匹が、大きな音を立てて倒れた。

「え？　なんで」

シフィルがアルシェから視線を外すと。

それが起点になったかのように、視界の中の魔獣たちがどんどん死んでいく。

血を噴き出して死ぬものもいれば、まるで眠るかのように死ぬものまで。

何が起こっているのか理解できない。

「おい！　これはどういうことにゃ！」

「増援です。残念でした」

アルシェはそう言うと。

強固に作られた根の柵を開放する。

だが、魔獣たちが侵入してくることはない。

もう既に全部が動けなくなっているのだから。

「なんで……僕の魔獣たちが」

シフィルは状況を呑《の》み込めずにいた。

さっきまで自分が圧倒的有利だったというのに、数分もしないうちに状況が変わってしまう。

従えていた魔獣はそれなりの力を持っていたはずだが、一匹残らず戦闘不能な状態だ。

ありえない。

いつの間に、どうやってこんな大量の魔獣を攻撃したのか。

その答えは、すぐに分かることになった。


「お姉さま。なんだか敵が多い気がする」

「そうね、イリスちゃん。私もビックリしちゃった」


そこには、姉妹らしきエルフが二人。

この二人も、アルシェと同じように他のエルフとは全く違ったオーラを放っている。

明らかに只者《ただもの》ではない。

エルフの国にこれほどの実力者は確認していなかったはずだが……調査ミスがあったようだ。

そしてその調査ミスは、致命傷と言わざるを得ないほど大きな影響を与えるだろう。

「あ、お姉さま。大変なことになってる」

「……これはマズそうね、イリスちゃん」

二人は血で汚れたアルシェを確認すると。

一歩ずつシフィルへと近付いてくる。

何の迷いもない足取り。

敵として認識されているかも怪しい。

一体この二人は何者なのか。

近付いてくる二人に対して、シフィルは口を開いた。

「それ以上動くな！　僕の魔獣たちを倒したのはお前たちか！」

「そうだよ。邪魔だったから」

「……お前たちは何者だ！」

「私たちはまた別の魔王軍です。南の魔王軍さん」

「――っ!?　なるほどにゃ。わざわざ来てくれるなんてね」

シフィルは納得するように頷《うなず》く。

イリスとティセのことをエルフの国の住人だと思っていたが、それはどうやら大きな間違いだったらしい。

二人とも自分たちが戦おうとしている魔王軍。

それならば魔獣を一瞬で蹂躙する強さにも納得だ。

ここでシフィルに与えられた選択肢は二つ。

今すぐに戦いを始めるか、それとも一旦退《いったんひ》いて態勢を整えるか。

……この状況でみすみす退かせてもらえるとは思えない。

そうなると、答えは一つだけしかなかった。

「ファーストコール」

「?」

シフィルは一言呟く。

三人にも聞こえる声の大きさ。

まだシフィルが何をしようとしているのか分からない。

しかし、何か遠くから大きな足音が聞こえた。

「セカンドコール」

「イリスさん！　ティセさん！　周りを警戒してください！」

二言目。

遂にここでアルシェは口を開く。

それはイリスとティセに警戒するよう伝えるもの。

異常に発達しているアルシェの耳は、周りで起こっている異変にいち早く気付いた。

「ラストコール」

「……お姉さま。足音がすごい」

「そうね、イリスちゃん……」

シフィルが全てを終えたところで。

ようやくイリスとティセも今起こっていることに気付く。

これでも十分に早く察知した方なのだが、それでも対抗するには時間が足りない。

あっという間の出来事だった。

「……はは。もう終わりだよ」

「なるほど、テイマーだったんですね」

「今さら気付いても無理かにゃ。ここら一帯の魔獣がやって来るよ」

かなり疲弊しながらもシフィルは笑みを見せる。

これは勝利を確信してのものだ。

三回に渡るコールによって、数十キロ圏内《けんない》の魔獣全てに命令をした。

もちろんその中には弱い魔獣まで含まれているが、圧倒的な数で押し切ればいい。

そうこうしている間にも、魔獣たちの進撃は進んでいる。

まずは一匹目。

「いけ！　食い殺せ！」

シフィルの言葉に反応して、早速現れた大きな牙《きば》を持つ魔獣がイリスとティセに飛びつく。

「《妖精使役《ようせいしえき》》」

それに対応したのはイリス。

ティセとアルシェを庇《かば》うよう前に立ち、妖精《ようせい》を瞬時に出現させた。

知能の低い魔獣は、妖精を見ても止まろうとしない。

イリスからしてみれば、こういうタイプが一番やりやすい相手だ。

魔獣は何も考えず妖精に触れ、泡を吹きながら倒れる。

「チッ、役立たずが……全員で行け！」

「ガアアアアァァァ!!」

それを目の当たりにしても、シフィルが呼び寄せた魔獣は関係なしに突っ込んでくる。

普通の魔獣なら多少なりとも躊躇《ちゅうちょ》するはずなのだが、この魔獣たちにそのような様子はなかった。

それほどシフィルのテイムが強力なものなのか。

これに関しては、流石は南の魔王軍と言わざるを得ない。

「お姉さま、来るよ」

「分かってるわ。《精霊使役《せいれいしえき》》」

ティセの精霊によって、魔獣たちの動きが止まる。

やはり魔獣の強さ自体に問題はなかった。

耐性も特に持っておらず、殺し損ねる方が難しいくらいだ。

……しかし、それを補うかのような量。

本当にここら一帯の魔獣を呼び寄せているらしい。

陸、海、空。

馬鹿《ばか》げた数の魔獣がこの地になだれ込んでくる。

「イリスちゃん、耐え切れると思う……？」

「分からない。でも、頑張るしかない」

「ニャハハ！　無理に決まってるでしょ！　僕の勝ちだよ！」

「アナタが勝つことはありませんね」

「？」

ティセがそう返事をすると。

勝ちを確信していたシフィルの体に明らかな異変が生じる。

「――にゃ？」

猛烈な吐き気。

雷に打たれたかのような感覚。

ぼやけていく視界。

そして何よりも、のたうち回りそうな痛み。

「い、いったいにゃにが――」

そこで。

フッとシフィルの意識が途切れる。

喋《しゃべ》る余裕すらない。

何をされたのか分からないまま。

シフィルは――二度と目を覚ますことはなかった。

「お姉さま、本体を殺しても意味はないみたい」

「そうね、イリスちゃん。どちらにせよ魔獣の相手は必要みたいだわ」

「イ、イリスさん、ティセさん！　まさかもうあの獣人を倒したのですか!?」

アルシェは珍しく驚いた表情をしながら問いかける。

あまりにも決着が呆気《あっけ》なさすぎて、数秒は何が起こったのか把握できなかった。

かなりの強敵だったはずのシフィル。

そんな彼を、まるで迫りくる魔獣のついでかのように倒した。

抵抗する暇も――喋る暇すら与えずに。

いくら大量の魔獣の招集で神経がすり減っていたとしても、信じられないスピードだ。

「そうですよ、お姫様。何かマズかったでしょうか……？」

「い、いえ……そんなことはございません。あまりにも早すぎて驚いてしまいました……」

「なら良かったです――が、まだ戦い自体は終わっていません。魔獣は私たちで何とかしますので、安全な場所に隠れておいてください」

ティセは、ポカンとしているアルシェに指示を出す。

シフィルを倒したことに何も感情を持っていない。

そもそもシフィルを強敵として認識していなかったかのような。

そんな様子だ。

魔王軍に所属している者同士でも、ここまで実力に差があるとは。

……格が違いすぎる

「私も何か手伝えることは――」

「お姫様にそんなことはさせられません。気にせず避難してください」

それに――と、ティセは付け加える。

「ここにいると、魔獣よりもイリスの妖精の方が危険です。万が一がありますから」

ティセの言葉を聞いて、アルシェは悟った。

自分が一緒に戦おうなんて百年早い。

この二人にとって、自分は邪魔者でしかないのだな、と。

アルシェは賢い存在だ。

自分のするべき行動をすぐに理解する。

「……分かりました。この場はお任せいたします。ご武運を」

「ありがとうございます、お姫様」

「ばいばい」

イリスとティセは、魔獣を捌《さば》きながらアルシェを見送る。

どちらもアルシェに心配をかけないような笑顔だ。

彼女たちの優しさには感謝しかない。

アルシェは魔獣に対抗する二人を確認しながら、避難しているエルフたちの元へ向かったのだった。

＊＊＊

エルフの国の外郭——巨大な木をくり抜いて作ったシェルター。

逃げるように指示されたアルシェは、迷いなくこのシェルターに訪れた。

この付近で最も安全を確保できる場所だ。

広さも数万人までなら収容できる。

強度もドラゴンの体当たりでびくともしないほど。

魔法にも耐性を持つ不思議な木であるため、防御力には心配する必要はないだろう。

ここなら魔獣に発見されたとしても、何とか凌《しの》ぐことができるかもしれない。

それに、避難に成功したエルフたちもいるはず。

アルシェは一部のエルフにしか使えない特別な魔法でシェルターを開けた。


「お、お姫様！　無事だったのですか⁉」

「大丈夫ですか⁉　お姫様！」

「もう戦いは終わったのでしょうか⁉」


開ける——と。

何とか逃げ延びた民たちが出迎えてくれる。

アルシェの姿を見て安心したのか、それとも戦いの終わりを悟ったのか。

まるで雪崩《なだれ》のようにエルフたちが押し寄せてきた。

どうやら、ここにいるエルフたちは無事なようだ。

その様子を見てアルシェもホッと一息。

心を落ち着かせて話をし始める。

「私は無事なので安心してください。皆さんは大丈夫でしたか？」

「はい！　私たちは大丈夫です！　あの御方のお陰でここまで安全に避難することができました！」

「あの御方？」

予想外の答えに、アルシェはきょとんとした表情を浮かべる。

あの御方――とは一体誰なのか。

アルシェはキョロキョロと周りを見渡した。

すると。

目に付いたのは、泣いている子どもに囲まれている二人。

同じエルフ族ではない。

が、敵では絶対にない。

その正体が判明するのに、時間はほぼ必要なかった。

「リヒトさん！　リヒトさんまで来ていただけたのですか!?」

「あ、お姫様」

リヒト。

アルシェが関わってきた存在の中でも、絶対に忘れられない存在だ。

シフィルが攻めてきた時に初めて連絡をしたはずだが、まさかもう到着していたとは。

あらかじめ知っていたのではないかと思えるほどのスピードである。

「すみません、お姫様。助太刀《すけだち》に行こうと思っていたら、避難しているエルフたちを見かけたので——」

「いえいえ！　むしろありがとうございます！　この子たちだけだと危ないですから……」

アルシェは謝ろうとするリヒトを慌てて止める。

逆に頭を下げたいのはアルシェの方だ。

避難しているエルフたちがやけに落ち着いているのは、どうやらリヒトがいてくれたかららしい。

隣にいる水色髪の少女に関しては、今もなお泣いている子どもを落ち着かせていた。

「怖いよぉ、お姉ぢゃん……」

「よしよし。男の子が泣いたらダメなの」

「フェイリス、そろそろ代わろうか？」

「大丈夫なの、リヒトさん。こっちは任せて」

水色髪の少女——フェイリスは優しく子どもの頭を撫でる。

ぎこちない手つきではあるが、彼女なりに頑張っているのが感じ取れた。

子どももそれが分かっているのか、いつの間にか泣き止《や》んでいる。

外は大変な状況であるが、この光景を見ていると少しだけ元気が貰えたような気がした。

「ありがとう、フェイリス。助かるよ」

「ううん、今は協力する時なの。私たちもエルフたちも」

「フェイリスさん……私からも感謝します」

アルシェの口から出た感謝の言葉。

フェイリスとは初めて会った関係であるが、心の底から彼女のことを信用できる。

リヒトの仲間だからというわけではない。

彼女の素直な行動に心を打たれた。

「リヒトさん、この人がお姫様？」

「そうだよ。失礼のないようにな」

「話は聞いていたなの。本当は戦いに参加するためにここに来たけど、敵は大丈夫そうなの？」

「そ、そうでした！　今はイリスさんとティセさんが食い止めてくださっています……！　早く救援に向かわなければ――！」

アルシェが現在の状況を伝えると。

二人はあまり表情を変えずにお互いを見つめ合った。

「イリスとティセがいるなら大丈夫そうだな」

「うん。間に合ってくれたみたいで良かったなの」

二人の口からは、悠長すぎると言っても過言ではないセリフが出てくる。

まるで問題はないと言わんばかりの反応だ。

仲間がピンチなのにこの反応はありえない。

それほどイリスとティセの力を信頼しているのだろうか。

アルシェはもう一度聞き返す。

「……え。救援に向かわなくても良いのでしょうか……？」

「あの二人がいるなら大丈夫。心配いらないの」

「あの二人が負けるのは考えにくいし」

それより──と、リヒトは口を開く。

「他にもエルフたちが避難している場所はあるんですか？」

「い、いえ……ここだけのはずですが」

「かなりの数がここに来れていないってことか……」

リヒトはそれを聞くと、一気に深刻そうな表情に変わった。

何かマズそうな雰囲気だ。

リヒトにとって都合の悪いことがあるのか。

それとも、ただ単純にエルフたちの身を心配してくれているのか。

アルシェはリヒトの次の言葉を待つ。

「死んでしまったエルフは何人くらいいるんですか？」

「そ、それは……正確には分かりませんが、少なくとも三分の一以上かと」

「三分の一……早く行った方が良さそうだな」

「え？　リヒトさん、冷静になって。まだ魔王様からその指示は出てないなの」

リヒトの言葉に、フェイリスが真っ先に反応する。

確かに想定していたより死者の数は多いが、二人が行動するための指示はアリアから出ていない。

もし蘇生《そせい》に向かうとしても、それはアリアからのゴーサインがあってから。

ここで勝手に行動すると、アリアの命令に逆らったことになる。

フェイリスがリヒトを止めるのは当然の反応だった。

「……でも、死者の数があまりにも多すぎる。この死者数で時間が経《た》ちすぎると、もしかしたら取りこぼしが出るかもしれないんだ」

「蘇生できないエルフがいるかもしれないってことなの？」

「ああ、こんな数万人単位の蘇生は初めてだからな……」

フェイリスはリヒトの言葉を理解し、そして考える。

リヒトの言いたいことは分かった。

小規模な蘇生なら何の問題もないのだが、ここまで大規模な蘇生となると、何かミスが起きてしまう可能性があるらしい。

つまり、できるだけ早く戦地に向かう必要がある。

それがたとえアリアの命令に逆らうことになったとしても。

「フェイリス。こんなことが起こってるのは、俺《おれ》たちにも責任があると思う」

「う、うん」

「だから、俺と一緒に来てくれ」

「わ、分かったなの……」

フェイリスの口から出る承諾の言葉。

リヒトに肩を掴まれ、フェイリスはついつい了承してしまった。

少しだけ顔が熱い。

こんな距離でリヒトに説得されたのは初めてだ。

心臓の動く音が聞こえる。

とてもフェイリスに断ることはできなかった。

「ありがとう、フェイリス」

「緊急事態だから……仕方ないなの」

「ということでお姫様。俺たちは外に行きます」

「わ、分かりました。私はどうすれば……」

「お姫様はここにいてください。みんなをまとめる人が必要です」

冷静にリヒトによって割り振られる役割。

この数のエルフたちをまとめることは、アルシェにしかできない仕事だ。

それと同時に、絶対に必要な仕事でもある。

悩む要素は一つもない。

「じゃあ行こう、はぐれないようにな」

「うん」

「け、健闘を祈ります！」

イリスとティセの元に向かうのであろう二人を。

アルシェは祈るような気持ちで見送るのだった。

第四章

ヴァンパイアの苦難

「はぁ……ロゼは元気にやっているのでしょうか」

ロゼの母親――カミラは不意に呟《つぶや》く。

それは、可愛《かわい》い娘であるロゼの体を心配する言葉。

これは別に何も珍しいことではない。

むしろ、毎日一回は呟いている内容であり、カミラの傍《そば》で仕えているメイドは何回も聞いているセリフだ。

「カミラ様。ロゼお嬢様は、きっと魔王軍で素晴らしい活躍をされているかと思われます」

メイドはそれを聞くと、慣れたようにいつものセリフを返す。

何回もしたやり取りではあるが、メイドが面倒臭そうな仕草を見せることはない。

ロゼの話をしている時は、自分自身も明るい気持ちになれるからだ。

魔王軍という環境で成長し、そして活躍するロゼを想像するだけでも、数時間はあっという間に過ぎてしまいそうだった。

「そうね。できればこの目で見たいのだけれど、それができないのがもどかしいわ。次に帰ってくるのはいつになるのかしら……」

娘を思う母の気持ちは止まらない。

もしきっかけがあれば、爆発してしまいそうな状態だ。

……もちろんそれはメイドも同じ。

一目でもいいから、仕事に励んでいるロゼの姿を見てみたい。

そして、それを写真に撮ってずっと眺めていたい。

ロゼを子どもの頃《ころ》から知っているからこそ、その思いはカミラと同レベルに大きかった。

「ロゼお嬢様にコンタクトが取れたらいいのですが……お忙しそうですし、迷惑になるかもしれませんね」

「ロゼが帰ってきてくれるのを待つしかありませんか――」


「カミラ？　何の話をしているんだ？」

「……あら、アリウスさん。ロゼの話をしていましたの」

メイドとカミラのところに。

花の水やりを終えたアリウスが訪れる。

いつものタキシードのような服で、これから舞踏会にでも行きそうな格好だ。

自分たちの会話の内容が気になっているようだが、特にいつもと違った話をしているというわけではない。

ロゼの話ということを伝えると、納得するようにアリウスは頷《うなず》いた。

「そうかそうか。やっぱりロゼが元気か気になるな」

「はい。何か確認する手立てがあればいいんですけど……直接出向く以外に方法はなさそうです。かなり難しいですが」

「魔王様に連絡は取れないのか？」

「アリウスさん。ロゼがそれだけはやめてくれと言っていたでしょう？」

「ああ……そういえばそうだったかな」

アリウスは頭の中にある記憶を蘇《よみがえ》らせる。

……確かにロゼがそんなことを言っていた気がしないでもない。

どうしてダメなのかは分からないが、禁止されている以上やめておく方が賢明だろう。

こんなことでロゼに嫌われるのは御免だ。

「まあ、ロゼは頑張っているのですから、私たちが勝手に心配するのもお門違《かどちが》いかもしれません」

「その通りかと思われます、カミラ様。ロゼお嬢様を信頼して待つのが、私たちにできることかと」

「ふむ。そう言われたらぐうの音《ね》も出ないな。ロゼを信頼する――か」

最終的に三人が出した答えは、何もせずに待つというもの。

自分たちがロゼの身を案じて慌てるということは、ロゼの力を信用していないのと同じ意味になる。

実の親がそんな気持ちでいいわけがない。

むしろ、ロゼの邪魔になってしまう。

「それじゃあ朝食を――」

「きゃあああああああああああぁぁぁ!?」

話がまとまり、朝食の準備をしようとした時。

館《やかた》のどこかからメイドの悲鳴が聞こえてくる。

一体何が。

三人は顔を見合わせた。

「ど、どうしたのでしょう?」

「さあ。皿を落としたんじゃ――」

ガシャンと。

またもやアリウスの言葉を遮る形で、館の窓ガラスが割れた。

しかも、一枚や二枚ではない。

何枚も何枚も、遂には自分の周りにあるガラスまで割れ始める。

軽い胸騒ぎ。

流石《さすが》に動かざるを得なかった。

「只事《ただごと》ではなさそうだな……」

「そうですね。確認した方が良さそうです」

「一体誰《だれ》の仕業だ? 人間か?」

「分かりません……ロゼが帰省した時の吸血鬼狩り以来ですね」

「仕方ない。私が見てくるとしよう」

アリウスは上着を椅子《いす》にかけると。

動きやすくなるように襟《えり》や袖《そで》のボタンを外す。

戦いになっても問題ないための準備だ。

この挑発するような攻撃は、間違いなく意図的に行われたもの。

ならば退《ひ》くわけにはいかない。

あえて誘いに乗り、しっかりと敵を倒す。

アリウスは扉に手をかけた。

「城にいる者たちに警戒するよう伝えてくれ」

「かしこまりました」

「行ってくるよ、カミラ」

「ええ。お気を付けて」

アリウスの大きな背中を、カミラはニコニコとした笑顔で送り出す。

彼が行くなら何も心配はない。

数分もすれば全《すべ》てを片付けて戻ってくるであろう。

予想ではなく、確信に近い何かだ。

そんなカミラに対して。

アリウスは僅《わず》かに口角を上げて応《こた》えたのだった。

＊＊＊

「ランシア様。吸血鬼城への攻撃を開始しました」

「ええ、素晴らしいですわ！　ンフフ、少し緊張しますわね」

南の魔王軍幹部――ランシア。

ドレスのような服を着て、傘《かさ》を差しながらの移動。

彼女は、アリウスとカミラが住む城にちょうど攻撃を仕掛けている最中だ。

自分の眷属《けんぞく》を引き連れて、約百人での大規模な攻撃。

相手が相手であるだけに、気持ちもいつもより昂《たかぶ》ってしまう。

しかし、その表情は硬いものではなく、逆にリラックスしていると言えた。

ニコニコというよりはニヤニヤ。

間違いなくこの状況を楽しんでいる。

「ランシア様。ずっと気になっていたのですが、どうしてこの場所の担当に立候補したのでしょうか？」

「あら、つまらないことを聞くんですのね？」

「も、申し訳ございません。ですが、何の説明もなかったので……」

眷属はランシアの叱責《しっせき》（？）を受けながらも諦《あきら》めない。

それは、まだ納得するような理由を貰《もら》えていないから。

南の魔王軍での会議中――各々《おのおの》の襲撃担当場所を決めている時に、ランシアはこの場所が良いと強く希望していた。

ガレウス以外の何に対しても興味を見せないランシアが、久しぶりに興味を示したのがこの場所だ。

彼女の傍に長くいる眷属からしてみれば、その珍しい事態が気にならないわけがない。

「僕には何か特別な理由があると感じています……」

「ンフフ。意外と鋭いですわね」

「こ、光栄です――」

「でも教えてあげなーい。これはガレウス様にしか教えてないんですの♪」

「……左様ですか」

眷属をからかうようなランシア。

顎《あご》に人差し指を当てて、ニヤニヤとしながら眷属の反応を窺《うかが》っていた。

……こういう扱いにはもう慣れっこだ。

ガレウスの前だと気品のある令嬢のような態度なのに、それ以外だと小生意気な娘に早変わりである。

二重人格と言ってもいいほどの変わりよう。

しかも、ガレウスの前だと絶対にお淑《しと》やかな態度を崩さないのだから恐ろしい。

噂《うわさ》だとランシアは名家出身だという話も聞いたことがあるが、それも関係しているのだろうか。

確かに子どもの頃から礼儀を叩《たた》きこまれたのなら、この完璧《かんぺき》な立ち振る舞いも頷ける。

と、眷属の中でランシアに対する考察が行われていた。

「それはそうとランシア様。今回は相手もヴァンパイアなのですが、どのようにして殲滅《せんめつ》する予定なのでしょうか」

続けて眷属が投げかける質問。

これは今回の作戦に関わる問題であり、流石にランシアも答えざるを得ない。

ランシアもそれを聞くと、ニヤニヤとしていた表情をスッと真面目《まじめ》な表情に戻した。

やはりその変化は恐ろしく早い。

「純粋な力勝負ですわ。相手は実質二人。問題なく勝てるでしょう」

「二人……ですか？」

「ええ、ロゼの父親と母親です。確か父親の方は強敵ですが、こちらを先に倒すことができれば決着──」

「す、すみません。ロゼとは一体誰のことでしょうか……？」

「……あぁ、ごめんなさい。貴方《あなた》は知らなくて当然ですね。私の個人的な知り合いですから」

ロゼという聞いたことのない名前。

ヴァンパイアの父親と母親を持つということは、その人物もヴァンパイアということだけは分かる。

だが、分かるのはそこまでだ。

ランシアとロゼがどのような関係なのかは知らないが、聞いたところでどうせ答えてはくれないだろう。

「とにかく、敵は実質二人です。私が出るまでもないかもしれませんね」

「そうなればいいのですが……」

「ンフフ。まあ、一応私たちも向かいましょう」

「はっ」

二人が目指すのは数百メートル先の吸血鬼城。

白を基調とし、真っ赤な屋根が目立つもの。

もう既に他《ほか》の眷属によって攻撃が始まっている。

自分たちの仕事は、その混乱しているところに乗り込んでとどめを刺すことだ。

それが一番楽であり、一番楽しい。

久しぶりに見る大きな吸血鬼城を確認すると。

ランシアはまたニヤニヤとした表情に戻った。

「あら?」

そこで――。

城の中にいたはずの眷属の一人が、ランシアの元に近寄ってくる。

「ランシア様！　城の主《あるじ》二人を捕らえました！」

「――お父様！　お母様！　返事をしてください！」

城に響き渡るロゼの声。

それは、ここにいるはずの人たちを探すためのもの。

普通なら、メイドたちの声が聞こえてくるはず。

しかし、その声に対しての反応は返ってこない。

この場所が南の魔王軍に狙《ねら》われているということを知ってすぐに駆け付けたが、到着するのが遅かったようだ。

休日を利用してリヒトと共に帰省した時はメイドたちが迎え入れてくれたが、今回は誰一人として姿を見せることはなかった。

もう既に事が起こっている。

ロゼの心がドキリと鳴った。

「みんな……どこにいるんですか」

ロゼから弱気な声が漏れる。

この広い城の中をずっと探し回ってもいいのだが、きっとそれは無駄に終わるだろう。

そんなことに時間を使っていたら、もっと酷《ひど》い事態になりそうだ。

まだみんなが無事な可能性は存在している。

どうにかして見つけるか、ここへ来た南の魔王軍を倒さなければ。

(争った跡はあるのに、血が一滴も流れていない……どういうことでしょう)

ロゼが気になったのは、城の中の状態。

壊れている装飾品や窓もあれば、壁に目立つ傷も付いている。

だがそれでも、血が流れた形跡はない。

争いになったのは間違いないのだが、血が出ないなんてことはありえるのだろうか。

あまりにも不自然であり、あまりにも奇妙である。

もしかしてみんなは既に逃走しているのかも——と。

ロゼの中に一つの説が浮かぶが、すぐに首を横に振って否定した。

そんな都合のいい考え方ではダメだ。

とにかく状況を把握しなくてはいけない。

ロゼは城の二階部分へと進む。


「お父様！　お母様！　ロゼが戻りました！」

扉を思い切り開けて声を張り上げるロゼ。

汗が額と頬《ほお》を伝う。

そんな熱くなっているロゼに対して、大広間は冷たい空気だ。

太陽が沈みつつあるこの時間帯——普通なら絶対に誰かがいる部屋であるが、何故《なぜ》か今は誰もいない。

しかしロゼが取る行動は変わらず。

ずっと大事な人の名前を呼び続けていた。

「いたら返事をしてください！」

何回も何回も。

「みんな！　どこにいるのですか！」

返事が返ってくるまで、ロゼは声が嗄《か》れようとも声を出し続けるだろう。

「――無様ですわね、ロゼ。みっともないわ」

「っ⁉」


そこで。

ロゼの耳に冷たい声が届く。

ドキリと鳴る心臓。

大広間に明かりはついておらず、誰もいないと錯覚していた。

油断していたと言っても過言ではない。

どうして電気をつけずにいるのか。

……いや、そんなことなんてどうでもいい。

この声が仲間のものではないのは確かだ。

「みんなをどこへやったのですか！」

「ンフフ、捕虜として閉じ込めていますわ」

ロゼに話しかけたのは。

まるでここが自分の城であるかのように振る舞っている女。

長い足を組み、両肘《ひじ》をテーブルについてロゼと対面している。

その隣には若い男がいるが、動こうとはしていない。

「クッ……！　早くみんなを解放してください！」

「それは無理な話ですわ、ロゼ。子どもの時からその甘い考えは変わらないんですのね」

「……子ども？　どういうことですか？　それに、どうして私の名前を――」

女から出てきたのは、余裕そうな馴《な》れなれしいセリフ。

雰囲気だけだと、とても初対面とは思えない。

むしろ、昔からよく知っているような気がする。

記憶の中を遡《さかのぼ》るロゼ。

いつだろう。いつ見たのだろう。

この声はいつ聞いたのだろう。

彼女が一体誰で、何のことを言っているのだろう。

パンクしそうになるくらいの情報を頭で処理していると、呆《あき》れたように彼女が口を開いた。

「ロゼ・フローリア・ローレンス・ユマ・レイス。忘れたとは言わせませんわよ？」

ニヤニヤと女は笑う。

ああ……何と言うことだろうか。

ロゼが驚いたのは二つ。

一つ目は、女がピッタリと言い当てたのが自分の本名だったこと。

この名前を知っている者など、世界でも数十人レベルにまで限られてくる存在だ。

ロゼのことを深く知っていることの証明でしかない。

そして二つ目は、ニヤニヤと笑っている女の口から、ヴァンパイア特有の鋭い牙《きば》が見えたということ。

間違いない。

この女はヴァンパイアで、昔からロゼのことをよく知っている。

特徴的な喋《しゃべ》り方。

醸し出す独特な雰囲気。

笑っている口元と笑っていない目。

なんで今まで忘れていたんだろう——と。

ロゼは自分でもビックリするほど簡単に彼女のことを思い出した。

「ランシア・エラ・ミシェル・ローズ……！」

「ンフフ、やっぱり覚えてくださっていたのですね！」

ランシアは、今日初めて本当の笑顔を見せる。

ロゼが自分のことを覚えてくれていたからではない。

ロゼの表情が青ざめていく様を見ることができたからだ。

やはりロゼは余人に代えがたい存在である。

どうして、ここまでロゼを見るといじめたくなってしまうのか。

眷属をいじめている時の物足りない感覚を、ロゼなら全て補ってくれるような気がした。

「たった今思い出しました……できればずっと忘れていたかったのに」

「あらあら、そんなこと言わないでください。傷付いてしまいますわ」

「私はアナタにずっと傷付けられてきたんですよ！」

ロゼの言葉が強くなる。

何もかもを気にせず、感情的に。

普段のロゼなら誰にも見せない姿だ。

頬を伝う嫌な汗。

ランシアにされたことが鮮明に蘇ってきた。

「そんな昔のことを気にしているんですの？　二百年……三百年前だったかしら」

「アナタは覚えていないでしょうね。アナタはそういう人です」

ロゼはランシアを睨《にら》む。

忘れられない過去。

二百年前――きっかけは些細《ささい》なことだったと思う。

元々ロゼとランシアは親友と呼べる存在だった。

ヴァンパイアのみで行われる舞踏会で出会い、同じ名家の娘という立場から仲良くなるのに時間はかからなかった。

遊んだ回数はもう覚えていない。とにかく毎日遊んでいたことだけは覚えている。

ロゼの父親とランシアの父親がよく酒を酌《く》み交わし、家族ぐるみの仲になったのだ。

初めてできた友達。

ロゼもランシアのことを大切に思っていた。

起床時も食事時も睡眠時も、ずっと彼女のことが頭にあったかもしれない。

大人《おとな》になってもずっと一緒にいようね——なんて、そんなセリフを言ったような気もする。

当時の自分はあまりにも純粋で、本当にずっと一緒にいられると思っていたのだろう。

この時点で——二人の間に亀裂が生じていたことも知らずに。

結論から言うと、この関係が崩壊するのに時間はそうかからなかった。

ある日突然、ロゼはランシアに頬を叩かれたのだ。

その時のランシアの表情は涙が交じっており、普通逆ではないかと混乱したことが記憶にある。

これが全ての始まりだった。

ロゼと遊ばなくなるのならまだいい。

しかし、ランシアの言動はどんどんとエスカレートしていく。

お前は頭が悪い——と髪を引っ張られ。

お前には似合わない——と服を破かれ。

お前は調子に乗っている——と眷属を殺された。

ロゼが部屋から出なかったとしても、ランシアはニコニコとしながら部屋にやって来る。

きっと両親に言えば解決していたのだろうが、当時のロゼにはそれができなかった。

自分を愛してくれる両親に、心配をかけるわけにはいかなかったから。

そんなちっぽけなプライドだけで、ロゼは彼女との関わりを耐え抜いた。

……こんな関係の終わりはいつだっただろうか。

気が付いたら、ランシアが自分の部屋に来ることはなくなっていた。

理由は、ロゼの父親とランシアの父親との差が大きくなりすぎたことらしい。

ここで言う差とは、言うまでもなくヴァンパイアとしての階級のこと。

ロゼの父が急上昇し、ランシアの父が落ちぶれた。

この差が開きすぎると、立場は対等ではなくなってしまう。

当然周りからの目で壁ができ、関わりそのものが消滅するのだ。

これを機に、ロゼとランシアの関係も消滅。

ロゼに平和が訪れた。

後から聞いた話だと、ランシアは立場が上になっていくロゼの家に嫉妬《しっと》していたらしい。

変わっていく立場――なのに変わらないロゼの態度。

自分の家は立場を守るだけで必死なのに、のんのんと暮らして成り上がるロゼに腹が立ったようだ。

それからは、ランシアの話を聞くこともなくなり、だんだんと記憶の遠い部分へと沈んでいくことになる。

初めての友達に裏切られた心の傷も、いつの間にか塞《ふさ》がっていた。

きっともう思い出すこともない深い部分で。

まるで深海に沈んだ船のように。

閉ざされて二度と浮かんでこないと思っていた。

そう――今日までは。

「また私を傷付けに来たんですか……！」

「ンフフ。そうねー、楽しそうなロゼを見ていると、それも悪くないかも♪」

「ふざけないでください！　よく私の前に現れることができましたね！」


ロゼは鋭い牙を見せる。

怒り、恨み、憎しみ。

ランシアに酷いことをされてきたロゼであるが、もう我慢することはできなかった。

もし仮に、ランシアの狙いが自分だけだったとしよう。

それなら無視をして相手にしない選択肢もあった。

しかし、今回は自分だけの問題ではない。

自分の愛する両親、さらには関係のない眷属たちに危害を加えられたのだ。

黙っていられるわけがないだろう。

「それにしても驚きましたわー。まさかロゼがここに来るなんて。最初の情報だと、ここにはアナタの両親しかいないはずだったのだけれど」

「魔王様に教えてもらいましたから。南の魔王軍が侵攻していると」

「へぇ、対応が早いんですのね。昔みたいにずっと部屋に閉じこもっていると思っていたからついつい来ないのかと」

ランシアは意外そうな顔をする。

どうやら、彼女の中だとロゼが間に合わない計算だったらしい。

そんな自分のミスを聞いているのにも拘《かか》わらず、すぐ出てくる言葉がロゼに対する嫌味なのだから恐ろしい女だ。

ロゼは眉《まゆ》を顰《ひそ》めるも、まだ手を出すことはしない。

ここで反応を見せれば、ランシアを楽しませることになってしまう。

現にランシアはロゼの様子をチラチラと確認しており、イライラさせようと無駄な試行錯誤《しこうさくご》をしていた。

「アナタにいじめられた日から、強くなろうと決めたんです。そして私は、魔王様の元で強くなりました」

「ふーん？　ずっとお嬢様でいればいい暮らしができましたのに。私みたいに強くならなければ生きていけなかった存在からすれば、やっぱりロゼは利口とは言えません」

しかも――とランシアは付け加える。

「よりによってガレウス様以外の魔王の下に付くなんて。命知らずとしか思えませんわ」

ランシアの嘲笑《あざわら》うかのような笑顔。

彼女の言っているガレウスとは、確か南の魔王の名前であったはず。

これはロゼの気分を悪くするために言っている言葉ではない。

心の底からガレウスを愛慕しているから出てきた言葉だ。

本気でガレウスを世界最強と思っており、誰よりも賢い者だと認識していなければ出てこない言葉である。

異常なまでのガレウスに対する愛が、久しぶりに再会したロゼにも伝わってきた。

「ああ、もったいない。ロゼもガレウス様の下でなら、もう一度可愛がってあげましたのに……」

ランシアはようやく椅子から立ち上がると。

ゆっくりとロゼの元へと近付いてくる。

そして、ロゼの綺麗《きれい》な髪に触れた。

昔のように引っ張ることはない。

優しく髪の手入れをするかのような手つきだ。

「私は南の魔王なんて興味ありませんし、仲間になるつもりもありません。今の仲間たちが良いんです」

「今の仲間たちって、きっと大魔王アリアのことですわよね？　あんなガレウス様に大魔王の座を譲るだけの存在の何がいいんですの？」

「……アナタじゃ絶対に魔王様の素晴らしさは分からないでしょうね」

ロゼは露骨に表情を変える。

込み上げてくる感情を、必死に抑えている時の表情だ。

ランシア程度の存在が、アリアの名前を呼んでいること自体許せない。

それだけでなく囃《はや》し立てるようなセリフまで。

ギリギリと歯を食いしばる。

「ンフフ、噂は覚えていますわよ。大魔王アリアは百年前——無名の魔物にボコボコにされて殺されたのでしょう？」

「……」

「何故か大きな話題にはならなかったですけれど、あの時は大笑いしてしまいましたわ。死体の一つでも見に行こうかと思いましたが――」

「――黙れ」

パン――と。

ランシアの頬をひっぱたいた音が、静かな空間に響いた。

時が止まったような感覚。

ロゼもランシアも、お互いを無言で数秒見つめ合う。

先に口を開いたのは……ロゼだ。

「いい加減にしろ。どこまで馬鹿《ばか》にすれば気が済むんだ」

「………………ンフフ。それは初めて見る表情です」

堪忍袋《かんにんぶくろ》の緒が切れた。

いくら優しい心を持つロゼと言えども、もう我慢することはできない。

ランシアがロゼの触れてはいけないところに触れてしまったから。

アリアを馬鹿にするというなら、たとえ相手が誰であろうと関係ない。

ロゼはランシアに一歩近付く。

「ランシア様、遊びすぎです。早くこのヴァンパイアを殺して報告に戻りましょう」

「そうね。久しぶりだったからはしゃいでしまいましたわ」

「――ということだ。貴様、覚悟しろ」

さっきからずっと傍観していた眷属が、待ちくたびれたようにランシアの隣に立つ。

ランシアの危機を察したからなのか、それともただ単純に待つことに飽きただけなのか。

どちらにせよ、戦いが始まることに変わりはない。

ランシアの眷属ならば、能力もそれなりに高いはず。

何も考えずに戦うことを選択してしまったが、今は自分が不利と言わざるを得ない状況だ。

「じゃあね♪　ロゼ」

「――！」

ランシアの爪《つめ》がロゼの頬を掠《かす》める。

やはり速い。

ロゼの反射神経でも完璧には躱《かわ》しきれず、頬に三本の傷が付いた。

まともに食らっていたら、顔の肉が引き裂かれていただろう。

「あら？　逃げないでください――眷属、囲い込め」

「はっ！」

ランシアの命令に、眷属は素早く従う。

ランシアがいつもの喋り方をやめた時。

それは、彼女が本気で集中している証拠《しょうこ》だ。

眷属は距離を離すロゼに近付くのではなく、挟み撃ちでランシアをサポートするように動いた。

一方向からではなく二方向からの攻撃。

どちらかに集中すれば、どちらかがおろそかになる。

ここから逃げることもできない。
勝負は決まったようなものだ。
――ロゼが普通の相手であれば、だが。
「その判断は大間違いです」
「――なにっ⁉」
サポートに回っている眷属が、ランシアの手の届かない範囲に行ったのを確認すると。
ロゼは急に方向を転換して眷属の方へ突っ込んだ。
まさかランシアに背を向けて攻撃を仕掛けてくるとは。
普通なら絶対にしないような発想。
眷属も驚きで対応が遅れてしまう。
そして。
コンマ一秒を争うこの場で、それは死に直結する問題だった。
「――っぐぐうおおぉぉお⁉」
ロゼの体当たりで壁にヒビが入る。
ロゼと壁に挟まれ押しつぶされただけでも、眷属の内臓はズタズタの状態だ。
しかし、ヴァンパイアの生命力をもってすれば、これでも致命傷には届かない。
それが分かっているロゼは。
鋭い爪で眷属の体に右手を突っ込み――心臓を握りつぶした。
ヴァンパイアを確実に殺すなら、心臓を破壊するのが一番だ。

「ロゼェェエエエー！」
「……チッ」
眷属の死で焦りを見せたランシアは、ロゼの名を叫びながら爪を立てる。
できるだけランシアと離れた場所でのとどめ。
それでもノーダメージで一対一に持っていけるわけではない。
そんなことはロゼも重々承知している。
だからこそ、このダメージは一対一の状況を作るために必要な代償だ。
防御はギリギリ間に合う。
ロゼは急いで振り返ると、背中を狙ったランシアの爪を腕で庇《かば》った。
「いっ……つぅ！」
痛みに耐えるロゼ。
腕の肉が裂けて骨も見える。
軽傷とはとても言えないダメージだ。
だが、これでいい。
もし防御が間に合っていなければ、同じ傷を背中に全て受けていた。
そうなっていたら、もう戦いどころではないだろう。
ランシアは致命傷を与えるチャンスを逃《のが》し、自分は眷属を殺した。
素晴らしい判断だと自分を褒めてあげたい。
昔アリアに教えてもらった戦い方だ。

「はぁ……はぁ……クク。痛そうね、ロゼ」

「……この程度のダメージでイキがらないでください。ほら――」

「うっ……!?」

ロゼはランシアのみぞおちを蹴《け》り上げる。

防御はしようとしていたみたいだが、少しだけ遅い。

純粋な反射速度の問題だ。

「オ、オエェっ……！　ロゼェ！」

「立たないんですか？　今のなんて傷にもなっていないのに」

「ちょ……待って……息が」

「……は？」

ロゼは言葉が出ない。

ランシアはうずくまってお腹《なか》の辺りを押さえていた。

苦悶《くもん》の表情。

みぞおちを攻撃したため呼吸ができないのは分かっているが、敵の前でこんな姿を見せるとは。

殺してくださいと言っているようなものだ。

ロゼはランシアの髪を掴《つか》んで顔面に膝《ひざ》蹴りを入れる。

「アアアァァァ!?」

「ランシア……戦いの経験が少なすぎです」

みっともなく喚《わめ》くランシア。

そんなランシアに、ロゼは呆れたように言い放った。

ランシアの攻撃力は申し分ない。

これは元々ランシアが持っているポテンシャル。

ヴァンパイアとしての実力だ。

だが、ここで問題なのはダメージに対する耐性があまりにもなさすぎること。

一回の攻撃で、まるで子どものように痛がっている。

格上、もしくは自分と同程度の実力を持つ敵と戦ってこなかったのだろう。

絶対に反撃してこない相手にばかり攻撃していたツケが回ってきた。

そんなランシアにロゼが負けるわけがない。

「ランシア。ヴァンパイアが同族に吸血されたら、どうなるか知っていますか？」

「し、知らない……」

「炎に燃やされるような苦しみの中、何時間もかけて死ぬことになります。……アナタもね」

ロゼはランシアの首を掴んで服の襟元を破る。

吸血が最も行いやすい角度。

ランシアが抵抗しようとしても、ダメージのせいで力が思うように入らない。

このままでは殺されてしまう。

それを察したランシアは、咄嗟《とっさ》に口を開いた。

「ロ、ロゼ！　私を殺している暇なんてあるんですの？」

「……どういうことですか？」

「ンフフ、いいことを教えてあげる。この城には私の眷属があと百人いるの」

ランシアが言い放ったのは、逃げるための嘘《うそ》ではなく本当のこと。

ロゼの両親を制圧している眷属たちが上の階にいるはずだ。

流石にこれはロゼも無視することはできないだろう。

ロゼの手が止まる。

「……だからどうしたんですか」

「強がっても無駄ですわ！　死ぬのはアナタだったようね！」

ロゼの返答を聞くと。

ランシアは迷わずに指をパチンと鳴らした。

眷属を招集する合図。

これで上にいる眷属たちが一斉に押し寄せてくる。

いくらロゼと言えども、百人の眷属に囲まれたら勝負にすらならない。

ロゼが絶望の表情に変わる瞬間が楽しみだ。

ランシアはニヤリと笑う。

笑う。

……笑っていた。

「何も来ないようですけど」

「……え？　う、うそ！　どうして——何をしているの!?」

困惑するランシア。

ロゼに掴まれている状態ながら、首をキョロキョロと動かす。

しかし。

いくら時間が経《た》っても、ロゼの言う通り何も起こる気配はない。

おかしい。どうして。

確かに眷属たちからは、ロゼの両親を捕らえたという情報が回ってきたのに。

ランシアが分かりやすく動揺していると、ここにいる二人とは別の声が聞こえてきた。


「その眷属とやらはやけに脆弱《ぜいじゃく》だったな」


ドゴン――と大きな音を立てて天井が抜ける。

いや、この場合は上の階の床が抜けると言ったほうが正しい。

上の階にいる存在が、床を破壊して直接この階に降りてきた。

男らしいテノール。

どこかで聞いたことがあるような気がする。

ランシアがその声の主を理解しようとしている間に、煙の中から答えは見えてきた。

そこに現れたのは――。

眷属によって捕らえられていたはずのロゼの父だ。

「お、お父様！」

「な、何故だ！　貴様は私の眷属に捕らえられているはずなのに！」

「残念ながら、捕まったふりをしていただけだ。まとめて敵を片付けるためにな」

アリウスが投げ捨てたのは、ランシア部隊の腕章を付けた腕。

強引に引きちぎられているが、その腕が誰のものであったかはランシアなら理解できる。

自分の眷属の中でも、指揮を任せていた眷属のものだ。

「お父様！　流石です！」

「ありがとう、ロゼ。また強くなったな」

「お、お父様に比べればまだまだですけど……！」

ロゼは照れるように笑い、アリウスは満足そうに微笑《ほほえ》む。

娘の成長を実感しているのであろう。

この場で唯一笑っていないのは――ランシアだけだった。

「……さて、お前は誰だ？　随分と派手にやってくれたようだが」

「忘れたとは言わせませんわよ……ランシア・ローズの名を！」

「ローズ？　んん……ああ、ローズ家の娘か？　懐かしい名だな」

アリウスは記憶の片隅からローズの名前を引き出す。

アリウスからすれば、ローズ家は特別でも何でもない存在。

なんで思い出せたかは自分でも分からない。

ただ、そこまで良い思い出のない一家だ。

「お前の父親の方はよく覚えているぞ。栄達《えいたつ》を重ねる私にペコペコと媚《こ》びへつらってきたからな」

「き、貴様……！」

「まあ、最終的には落ちぶれて使用人に殺されてしまったようだが。何も持たざる者には当然の結末か」

「お父様のことを馬鹿にするなああああああ！」

遂に冷静さを失ったランシアは、アリウス目掛けて狂ったように突っ込む。

アリウスの言葉が逆鱗《げきりん》に触れた。

防御のことなど何も考えていない。

無策であり、無謀である。

アリウスの前でこのような行動を取れば、どうなるかは火を見るよりも明らかだ。

「娘も娘だ」

「――え」

ランシアが倒れる。

アリウスが何をして、ランシアが何をされたのかは分からない。

近くにいたはずのロゼでも、それを目で追うことはできなかった。

まるで時間が切り取られたかのような感覚である。

気が付いたら……全てが終わっていた。

ただ胸に大きな風穴を残して。

「お、お父様……終わったのでしょうか」

「ああ――ロゼ、腕を見せてみろ」

「え。こ、これは大丈夫です！」

「大丈夫なわけがないだろう。いいから見せるんだ」

右腕の傷を隠そうとするロゼを。

アリウスは強引に引き寄せる。

近くで見れば見るほど深い傷だ。

血もまだ止まっていない。

アリウスは着ている高級な服を破って止血するように巻き付けた。

「よく頑張ったな、ロゼ」

「お、怒らないのですか、お父様……」

「どうしてだ？」

「わ、私が無茶をしてしまったから……です」

アリウスの意外な反応。

ロゼは怒られると勘違いして身構えていたが、現実は見事にその逆と言える。

優しい言葉で丁寧に包み込んでくれた。

もちろんそれは嬉《うれ》しいのだが、いつものアリウスを知っているロゼは不思議でしょうがない。

ロゼが危険な行動をした時、アリウスは必ず怒っていたはず。

逆に言うと、アリウスが怒るタイミングはそれ以外に見たことがないくらいなのだ。

「ロゼは私たちのために戦ってくれたのだろう？　それを叱《しか》るなんてありえないさ」

それに――と、アリウスは付け加える。

「素晴らしい戦いぶりだったぞ。ロゼの成長を見れて何よりだ」

「お、お父様！　ありがとうございます！」

「ああ……でも、母さんが何と言うかは分からないぞ。その時は父さんと一緒に謝ろう」

「わ、分かりました……」

アリウスはそれだけを注意すると。

メイドたちを守っているカミラの元へ、共に向かうのだった。

第四・五章

祭りの準備

「アリア、全員集まったぞ」

「うむ、ご苦労。事態は急を要しておるから、一回しか説明せぬ。よく聞いておけ」

「そ、そんなに大変な状況なのか？」

時は十数時間前に遡《さかのぼ》る。

場所はおなじみ、アリアの領域――玉座前。

アリアにまた祭りが始まると言われたリヒトは、彼女の指示によって下僕たち全員を集めさせられた。

あまりにも唐突であり、あまりにも突然だ。

まだ何の情報も聞いていない。

何なら、寝ているところを叩《たた》き起こした者もいる。

いつものことと言えばいつものことなのだが、何とも不親切な扱われ方である。

アリアの言う祭りとは何のことを示しているのか。

少なくとも穏やかなものではなさそうであり……聞くのがちょっとだけ怖い。

もしかして、人間たちがまた侵攻してきたのかも。

と、色々考えているリヒトを置いて、アリアは全員揃《そろ》ったことによって口を開いた。

「大変も大変。全員で動く必要がある」

「大掃除でも始めるなの？」

「……掃除と言えばあながち間違っておらんが、違う。もっと面倒なことじゃ」

フェイリスの小ボケを躱《かわ》しながら、アリアはコホンと全員に伝える。

あながち間違っていない……とは。

リヒトはごくりと唾《つば》を飲み込む。


「南の魔王軍が動き出した。しかも狙《ねら》いは儂《わし》らではない。エルフや竜人たちじゃ」


アリアの言葉に、一瞬だけ時が止まった。

南の魔王軍。

それは、少なくとも自分たちの味方ではない組織だ。

リヒトの記憶だと、強力な侵略者というイメージがある。

人間界にいた時も、南の魔王の名前を聞く機会が多かった。

そんな奴《やつ》らが遂に動き出したらしい。

それだけでなく、エルフや竜人たちが狙われているとのこと。

「み、南の魔王？　でも、何でエルフや竜人たちが狙われてるんだ……？」

「知らん。まあどうせ、儂らをじわじわと追いつめたいんじゃろう」

「……早めに気付けたのは、不幸中の幸いかもな」

「ベルンが教えてくれたのじゃ。なかなか役に立ってくれたぞ」

エルフや竜人たちを狙う理由は、自分たちを攻めるための下準備。

あまりにも理不尽な攻撃理由に、リヒトも憤りを感じてしまう。

南の魔王軍が相手では、絶対に彼らの力だけで耐えることなんてできない。

どうにかして助けに向かう必要がある。

きっとまだ救援には間に合うはず。

この情報がリヒトたちの元に届かなければ、目も当てられない状況になっていた。

そういう意味では、ベルンに感謝しかない。

女王として忙しいはずだが、合間を縫ってアリアに報告してくれたのだろう。

もうこれ以上ない働きと言える。

「お姉さま、すごいことになってる」

「そうね、イリスちゃん。どうにかしないと……」

「手分けして行動しないと、一つひとつ回ってたら間に合わないなの」

「その通りじゃ。南の魔王軍の行動は想像以上に早いぞ」

「手分け……か」

アリアは既に作戦を決めているようで、話し合うまでもなく結論は出ていた。

それは、固まって行動するのではなく、手分けして救援に向かうというもの。

リヒトもその判断に異論はない。

百戦錬磨《ひゃくせんれんま》のアリアが決めたのだから、それがきっと正しいはずだ。

「手分けするなら、誰《だれ》がどこに行くのか決める必要があるけど……」

「それはもう決めておる。リヒトにフェイリス——お主らは竜人の里じゃ」

「あそこだな……分かった」

「竜人の里？　どこにあるの？」

「大丈夫だ、フェイリス。俺《おれ》に離れず付いてきてくれれば」

「も、もちろん離れないの！」

リヒトたちが担当することになったのは、竜人たちの住む里。

あそこにはリヒトも何回か行ったことがある。

自然と共に生きる美しい場所だ。

竜人は少数で暮らす種族。

南の魔王軍の攻撃に対応するのはかなり難しい。

もちろん人間よりは何倍も強いのだが、今回は相手が悪すぎる。

「イリスとティセはエルフの国じゃ。いつものように蹴散《けち》らしてやれ」

「わかった」

「了解です、魔王様」

次に、イリスとティセの担当が決まる。

二人が向かうことになったのは、エルフたちの住んでいる国。

ここは竜人たちに比べて民の数が多い。

しかし、全員が戦えるというわけでもなく、むしろ戦えるエルフなんて一割もいないだろう。

そもそもエルフは戦闘に消極的な種族だ。

放《ほう》っておけば甚大《じんだい》な被害が出てしまう。

アリアもそれを理解して、ディストピア最高戦力と言っても過言ではないイリスとティセを向かわせる判断をした。

過去に結んだ――守ってやるという約束を果たすために。

「残りはロゼとドロシーじゃが……お主らはちょっとだけ話が違ってくる。詳しい話はあとでするのじゃ」

「は、はい……」

「わ、わかりました」

最後に二人の名前が挙がるが、彼女たちはどうやら別の仕事があるようだ。

それが一体どんなものなのか気になるところではあるが、詳細を聞くのは自重しておく。

今リヒトが考えなくてはいけないのは、いかにして竜人の里を守るかである。

「――よし、各々《おのおの》行動開始じゃ」

「はーい」

「それじゃあ行きましょうか、イリスちゃん」

アリアの言葉を皮切りに、イリスとティセが動き出す。

いつもは最後の方に動き始めるこの二人であるが、今回は真っ先に行動し始めた。

やはり同じエルフとして、エルフの国の危機は見過ごせないらしい。

リヒトも負けてはいられない。

フェイリスと目を合わせて同じように向かおうとする。

「あ、リヒト。待つのじゃ」

と、そこで。

不意に服を掴《つか》まれて、アリアに引き留められてしまった。

「お主は基本的に儂の指示があるまで勝手に動くでないぞ。儂がサインを出すまでは、戦ったりしてはダメなのじゃ」

「え？　どうしてだ？」

「また捕まったりしては敵《かな》わんからな。慎重に行動しろ」

「……用心するよ」

アリアに釘《くぎ》を刺され、リヒトは少しだけ肩をすぼめた。

リヒトは一度敵に拉致《らち》されてしまった経験があるため、同じことが起こらないようにアリアが危惧《きぐ》してくれているのだ。

それはごもっともな対策であり、言い返すこともできない。

《死者蘇生《ししゃそせい》》の価値は自分が思っている以上に重い。

いつ、どこで、誰に狙われているか分からないため、油断はひと時もできない立場だ。

きっとフェイリスも同じ気持ちであろう。

「ということでフェイリス。お主がリヒトをしっかり監視しておくのじゃぞ」

「了解なの」

「良い返事じゃ」

うんうんとアリアが頷《うなず》き、フェイリスが敬礼の姿勢を取る。

……頼もしいというか何というか。

まさかフェイリスに守ってもらうような日が来るとは思っていなかった。

信頼を取り戻すには時間がかかりそうだ。

「じゃあ私たちも行ってくるなの」

「気を付けるんじゃぞ」

「――そういえば、アリアはずっとここにいるのか？」

「いやいや、儂も向かうところはあるぞ。大将が動かなければ始まらんじゃろう」

そりゃそうか――と、アリアの言葉を聞いて納得するリヒト。

自分たちの中でも一番好戦的なのがアリアだ。

そんな彼女が、こんな時に黙っているわけがない。

むしろ全部の範囲を担当したいくらいだろう。

冷静に考えれば分かり切ったことであった。

が、まだ気になる箇所は一つだけある。

南の魔王軍に攻撃されているところの中で、一体アリアはどこの救援に向かうのであろうか。

エルフや竜人たちでないのは確定。

それ以外だと……ラトタ国？

しかしそれならもう既に向かっているはず。

「ちなみに、アリアはどこに向かうんだ？」

「儂か？　儂は南の魔王の拠点じゃな」

「……え？」

あまりにもぶっ飛んだ返答に。

リヒト――そして他《ほか》の仲間たちは、驚くことすらできずにいたのだった。

第五章

頂上決戦

「侵入者だ！　武器を持て！」

「絶対にここで食い止めるんだ！　ガレウス様の元に向かわせるな！」

南の魔王軍本拠地。

この拠点は魔界の奥深くに位置している。

当然周囲の魔物の強さは目を見張るものがあり、人間は辿《たど》り着けさえしない場所だ。

地下に続くこの拠点は、別名地獄穴と呼ばれているほど。

比較的暖かい気候の地であるが、この場所だけは冷たさを感じる。

そんな地下をくり抜いて作っているこの拠点は、現在侵入者によって混乱を招いていた。

敵が攻めてくるにしては最悪と言えるタイミング。

たった今、南の魔王軍主力である幹部たちは全員外に出向いている。

つまり、ここには役職のない一般兵と言える者たちしか残っていない。

一番奥にいる魔王ガレウスを守るためにも、雑兵《ぞうひょう》たちは声を上げた。

「お前ら、武器は持ったか！」

「持ったぞ！　いつでも行ける！」

「よし……！　敵は数分もしないうちに来るぞ！」

雑兵たちは武器を構えて時を待つ。

槍《やり》、剣、弓、ハンマーなどなど。

それぞれが最《もっと》も自信のある武器を握っている。

敵の位置は恐らく第一階層。

自分たちがいるのは第二階層であるため、接敵にそこまで時間はかからない。

気持ちを整える時間は圧倒的に足りないが、今回の場合はむしろそれがプラスになっていた。

あまりにも時間がなく、余計な緊張をする暇さえないのだから。

不幸中の幸いだ。

「お、おい！　調査兵が戻ってきたぞ！」

「敵は何人だ!?　百人か！　千人か！」

「そもそも第一階層の奴《やっ》らは勝ったのか!?」


「第一階層は壊滅しました！　敵はたった一人です！」


調査兵の言葉に、雑兵たちの動きが止まる。

自分たちの聞き間違えでなければ、敵はたった一人で第一階層の兵を壊滅させたと言った。

第一階層だけでもそれなりの兵がいたはず。

強さも数も自分たちと遜色《そんしょく》ない。

そんな彼らが、この数分間で壊滅させられたと言うのか。

にわかには信じられない情報だ。

これなら調査兵が幻覚を見ているという方がまだ納得できる。

「ど、どういうことだ⁉　たった一人だと⁉」

「はい！　もうここに向かってきています！」

「し、信じられんぞ！　絶対に仲間がいるはずだ！」

「だからいませんでした！　完全に敵は一人です！」

調査兵は何を言われようとも譲らない。

ここまで言い切られたら、雑兵たちも変に口を出せなかった。

敵が一人というのは、普通ならば嬉《うれ》しい話である。

だが、今回に限っては恐ろしさしか感じられない。

もしかしたら、敵が自分たちの王であるガレウスと同等の力を持っている可能性まで。

考えれば考えるほどマズい。

「じゃ、じゃあどうするんだ！　俺《おれ》たちは勝てるのか⁉」

「分かりません！　でも戦うしかないです！」

「クソッ！　敵はいつ来るんだ！」

「――もう来てます！」

調査兵が叫ぶと、第一階層と第二階層を繋《つな》ぐ扉が破壊される。

強引に蹴《け》り破られる形。

一応バリケードを作っていたのだが、扉の外から簡単に吹き飛ばされてしまった。

かなり荒々しい性格というのが見て取れる。

たった一人で攻め込んできているというのに、ここまで堂々としていられるものなのか。

雑兵たちは武器を強く握った。

「……ほお、数だけは充実しておるな」

侵入者は感心するように呟《つぶや》く。

この言葉だけで、自分たちが敵として認識されていないのは何となく伝わってきた。

歩みを止める気配すらない。

こいつの前に立ったら殺される——。

雑兵たちは直感的にそれを察知した。

「南の魔王は配下を多く作るタイプか。クク、若いと言うか何と言うか」

「お、おい！　止まれ！　これ以上先に進むなら殺すぞ！」

「配下の質も残念じゃな」

雑兵が止まるように指示をすると、侵入者は意外にもあっさりと足を止めた。

そして、雑兵の方へ目線を向ける。

冷たい目。

見つめられただけでも凍ってしまいそうだ。

そのせいで、雑兵もなかなか次の言葉が出てこない。

威圧によって胃の中のものが込み上げてくる。

「い、いったいお前は何者なんだ!?」

「大魔王アリア――聞いたことはないか？」

「だ、大魔王……？　適当なことを言うな！」

「お主らの王から聞いておらぬのか？　……まあ、お主らのような雑魚《ざこ》に一々報告はせぬか」

大魔王アリア。

侵入者はそう名乗る。

アリアという名前は聞いたことがないが、大魔王という称号ならば雑兵でも知っていた。

何を隠そう、それはガレウスがずっと狙《ねら》っている称号なのだから。

その称号を得るためには、倒さなくてはいけない相手が多すぎる。

いくら強者のガレウスといえど、ずっと得ることができなかった称号だ。

そんな最強の証《あかし》とも言える称号を、こんな娘が持っているなんてありえない。

「さて、南の魔王はどこにいるのじゃ？　正直に言えば見逃《みのが》してやるぞ」

「ふざけるな！　絶対に通さんぞ！」

「そうか。うーむ」

アリアは意外そうな表情を見せると。

まあいいか――と息を一つ。

そして何事もなかったかのように歩き出した。

「え……ま、待て！」

「話を聞いてなかったのか!?」

「どうなっても知らんぞ!?」

「うるさいのじゃ。死ぬ時くらい静かにしろ」


雑兵たちを黙らせるアリア。

この一言で、アリアを止める言葉は聞こえなくなる。

雑兵たちが戦慄《せんりつ》して黙ったわけではない。

物理的に、その声を発することができなかったのだ。

死——という結果によって。


「——!」

「——!?」

「——ッハ!?」

次の瞬間。

アリアの周りにいた雑兵たちが一斉に倒れる。

その者たちの中に、もう動いている者は誰《だれ》もいない。

全員の息の根が完全に止まっていた。

この場で立っている存在はアリアだけ。

アリアは死体の上を不機嫌そうに歩く。

「あまり期待できるほどではなさそうじゃな。南の魔王とやらも」

グリグリと死体を踏みつけながら、アリアは残念そうな顔をしていた。

魔王の強さというのは、配下の質で何となく分かってくる。

今のところ、配下の質としては魔王の中でも最低レベル。

もちろん精鋭でないのは分かっているが、それにしてもレベルが低すぎではないか。

数を集めるのはいいのだが、アリアとしてはあまり好みではない構成方法だ。

既に興が削《そ》がれつつある。

「これなら幹部の相手も儂《わし》がすればよかったのじゃ」

リヒトやドロシーが聞いたら目が飛び出そうなセリフ。

ただし、アリアに限っては冗談などではない。

南の魔王プラス幹部全員。

これでもアリアは戦いを迷わずに挑むだろう。

実際はロゼを始めとした下僕たちが幹部の相手をしているが、ちゃんと勝利しているのであろうか。

少し心配する気持ちが出てきたところで、アリアはその考えをポイっと捨てる。

そんなことを考えても戦いの邪魔になるだけであり、現実は何も変わらないのだから。

それに、自分の下僕を信用しないなど魔王失格だ。

もし敗北を喫していたとしても、その時は自分がカバーをすればいい。

とにかく今は南の魔王を倒すだけである。

「行くか」

アリアはもったいぶらずに決心すると。

南の魔王と対面するために、奥へ奥へと進んでいくのだった。

＊＊＊

南の魔王軍拠点最深部。

その静かな空間では、魔王と配下のやり取りが行われていた。

「ガレウス様。第一、第二階層が突破されました」

「早いな。流石《さすが》大魔王アリアだ」

「このままですと、間違いなくこの階層まで到達されるかと」

「……問題ない。いずれ戦う相手だからな」

南の魔王ガレウスの元に現れた配下からの報告。

その報告の内容は、決して穏やかなものではない。

たった今、この拠点でとてつもない化け物が暴れている。

恐らく過去最強の敵。

しかも幹部たちは全員出払っているため、ガレウスとアリアの直接対決だ。

この二人が拳《こぶし》を交えたら、一体どうなってしまうというのか。

配下も何とか冷静さを保っているが、興奮で胸が張り裂けそうだった。

「大魔王アリアの実力はどうだ？」

「圧倒的です。無礼を承知で申し上げますが、ガレウス様と並ぶ力を持っています」

「能力はどうだ？」

「……不明です。全《すべ》ての兵が一瞬で殺されているため、判断することができません」

アリアに関する情報を集めようとしても、配下から有益な情報が出てくることはない。

今判明しているのは、アリアがとにかく強いということだけ。

能力が判明すればかなり有利になるのだが、それも残された時間では無理そうだ。

「ガレウス様。今なら、幹部の皆様を呼び戻すことも可能かもしれませんが……」

「必要ない。奴らも侵攻を進めているはずだからな」

「し、しかし、大魔王アリアが目の前に――」

「必要ないと言っているだろ。どうせ間に合わん。それとも、お前は俺が負けると思っているのか？」

「そ、そのようなことはありません！　失礼いたしました！」

ガレウスは少し脅すような形で配下の提案を却下する。

この場に大魔王アリアが来たことは想定外であるが、今から慌てたところで何の意味もない。

そもそも、このタイミングで呼び戻したところできっと間に合わないであろう。

これで幹部たちを呼び戻して、侵攻を中途半端に失敗させる方が論外だ。

ガレウスの欲張りな性格の前では、ありえない選択肢であった。

「それで幹部たちの方は順調なのか？」

「……まだ誰からも報告がない状況です。少々嫌な予感がします」

「うむ。あいつらが苦戦するとは考えにくいが——」

ガレウスのため息。

今までの侵攻の中で、ここまで雲行きが怪しかった経験はない。

いつもなら、ガレウスが眠っている間に侵攻が終わってしまうこともあった。

相手が大魔王アリアの仲間とは言え、こうも違いがあるものなのか。

長期戦になっている可能性もあるが、誰かが負けてしまったパターンも考える必要がありそうだ。

「まあいい。苦戦する方が面白いからな」

「ガ、ガレウス様らしいです」

配下はそれ以上何も言わずにペコリと頭を下げた。

ガレウスが楽しんでいるのなら、配下が焦っても滑稽《こっけい》なだけである。

ガレウスが強者と戦う時はいつもこうだ。

まるで遊んでいるかのように勝負を始め——そして勝つ。

西の魔王を潰《つぶ》す時も、確かガレウスは笑っていた。

大魔王アリアが相手でも、それは変わらないらしい。

この侵攻はガレウスの敵がいなくなるまで続く。

そして世界がガレウスを王と認めた時。

ようやく終わりを告げるのだ。

その日が来るまで、配下として職務を全うするのみ。

「――ということだ。お前はこの場から離れろ」

「え？」

「お前の想像以上に大魔王アリアは強いようだ」

ガレウスは立ち上がりながら配下を突き放す。

配下が何も分からないままうろたえていると――。

この部屋の扉が優しく開かれる。

「ん？　ここが一番奥か？」

「ようこそ、大魔王アリア。わざわざ出向いてくれるとはな」

そこに現れたのは。

話題の人物――大魔王アリア。

配下との連戦があったのにも拘《かか》わらず、疲れた様子は一切見せていない。

いや、それどころか、アリアには返り血さえ付いていない。

どうやって戦ったのかは知らないが、血を浴びずに数百もの配下を倒すことは可能なのか。

不気味な存在だ。

「ふーん、お主が南の魔王か。まあ、想像通りの姿じゃな」

「そうか。逆にお前は予想外の姿だ。それは仮の体か？」

「仮などではない。正真正銘《しょうしんしょうめい》、儂の体じゃ」

ククク――とアリアは笑う。

アリアの体は、子どもかと勘違いするくらいに小さい。

その顔は右手一つで握りつぶすことができそうだ。

あまりにも不自然なため、仮の姿ではないかと聞いてしまうほど。

もちろんアリアを侮るようなことはしないが、拍子抜けと言わざるを得なかった。

「お主はなかなかに物騒な格好をしておるな」

「これは強さの証明だ。かつての強敵の骨を使っている」

「趣味が悪いのじゃ」

ガレウスが身にまとっているのは、何者かの骨で作られた鎧《よろい》。

よく見れば、様々な種類のものを組み合わせて作っている。

防御力がどれほどのものなのかは知らないが、少なくとも着たいとは思わない代物だ。

兜《かぶと》には牛のような魔獣の骨。

肩にはドラゴンの牙《きば》。

胴には肋骨《ろっこつ》のようなもの。

それらが合わさって、何ともおぞましい雰囲気が漂っていた。

「まさか大魔王の座がお前のような奴に受け継がれているとはな」

「ククク。不満か？　なら力ずくで奪ってみるといい」

「当然そうさせてもらうつもりだ。そのために侵攻を始めたのだからな」

ガレウスは玉座の隣にある大きな剣を掴《つか》む。

魔王同士――戦いの始まりをわざわざ宣言する必要はない。

敵でありながら、阿吽《あうん》の呼吸とも呼べるほどピッタリ波長が合っている。

アリアが一歩踏み出すと。

ガレウスもそれに合わせて一歩踏み出す。

「まだいたのか。この場から離れろと言っているだろ」

「ガ、ガレウス様！」

「で、ですが……」

「いい加減にしないと殺すぞ」

「──ひっ!?　すみませんっ！」

ガレウスは振り向くことすらせずに配下をこの場から追い出す。

別に配下が戦いに巻き込まれて死んだところで、ガレウスに問題があるわけでもなかった。

ただ無駄に仲間が死ぬ。

それを避けただけに過ぎない。

そんなことよりも、アリアがこの光景を黙って見過ごしたことの方が気になる。

「どうして何もしてこないんだ？　絶好の攻撃タイミングだったはずだが」

「儂がそんなつまらぬことをする奴に見えるのか？」

「甘いな。大魔王とは思えん」

「強者の余裕じゃ。弱者には分からんかったようじゃな」

ガレウスが軽く挑発をしてみても、アリアが冷静さを崩すようなことはなかった。

ペラペラと喋《しゃべ》っているように見えて、アリアには全くと言っていいほど隙《すき》がない。

どのタイミングで攻撃を仕掛けても完璧《かんぺき》に対応してきそうだ。

少しだけ睨《にら》み合う時間が続く。

「さあ、かかってくるのじゃ。怖気《おじけ》づいたのか？」

「まさか――行くぞ」

「《空間掌握《くうかんしょうあく》》」

ガレウスが大剣を振りかぶったところで。

アリアは《空間掌握》を発動させる。

この拠点は地下に作られているため、《空間掌握》には打ってつけの場所だ。

地上からかなり離れていることにより、無理やり《空間掌握》を解除するのも不可能。

ガレウスは圧倒的に不利な状態で戦うことを強要される。

そうして――空間が歪《ゆが》んだ。

「クク、手加減はせぬぞ」

アリアは歪んだ空間の中で自由自在《じゆうじざい》に動く。

ガレウスのスピードは二分の一以下。

アリアから見れば、ハエが止まりそうなスピードだ。

攻撃を入れるタイミングはいくらでもある。

逆に言うと、ガレウスの攻撃を食らう要素は一つもない。

今回も、いつものように一方的な戦いになるのだろう。

そう思っていた。

「ん？」

アリアに生じる異変。

もちろんそれにアリアは気付く。

自分の体が、自分の想像とは違った動きを勝手にしたのだ。

今までにこんな経験はない。

何か強引に引っ張られているような感覚。

とてつもない引力で、ガレウスの方に引き寄せられた。

――その先にあるのは、ちょうどガレウスが振り下ろしている大剣だ。

「クッ⁉」

引っ張られたアリアの体に、ガレウスの大剣が直撃する。

アリアも鎧のような服を着ているが、それで受け止めるにはあまりにも強すぎる衝撃であった。

正面。肩から脇腹《わき》にかけての袈裟懸《けさが》け。

まともに食らってしまったため、久しぶりにボタボタと血が流れた。

「?？」

「油断したな、大魔王アリア。何が起こったか分からないだろう？」

「今……儂は避《よ》けようとしたはずじゃが」

困惑。

《空間掌握》を発動している状態で、初めてアリアは攻撃をまともに食らった。

自分の体には大きな傷が入っている。

ダメージだけなら特に問題はない。

しかし、不気味なガレウスの能力に、アリアは一歩引いた状態を保つしかなかった。

「どうした？　近付かないのか？」

「わざわざ無駄にダメージを食らう理由はないからな」

「賢明な判断だ……相手が俺じゃなければな」

そう言うと。

ガレウスは、またもや力いっぱいに大剣を振り上げる。

しかも——アリアに向かってではなく、真後ろに向かって。

当然ガレウスの後ろにアリアはいない。

どういうわけか、何もないところに大剣を振り下ろしたのだ。

もはやこれは攻撃と言えるのか。

そんな意味不明な行動の意味を、アリアはすぐに知ることになった。

「——な」

「フンッ！」

ブラックホールのような引力で、アリアの体が強引に引き寄せられる。

やはり引き寄せられたのは大剣の下。

ガレウスがちょうど大剣を振り下ろすタイミングに合わせて、アリアが当たりに行く形になってしまう。

避ける時間はもうない。

……そもそも、避けようとしても無駄であろう。

ガレウスの能力は何となく分かった。

攻撃が標的に絶対命中する能力。

至って単純であり、だからこそ強力なものだ。

「チッ！」

アリアは大剣を鎧部分と腕の骨で受け止める。

鎧の部分は簡単に破壊された。

何とか腕は切断されなかったが、それでも痛いものは痛い。

致命傷だけは先ほどから逃れているものの、このままだと戦闘不能になるのも時間の問題だ。

「これが《完全必中《かんぜんひっちゅう》》だ」

「……面白い。見たことのないスキルじゃ」

「それはお互い様だろう？　言っておくが、この戦いを長引かせる気はないからな」

ガレウスが追撃を加えようとした時。

「……その武器はもう使わせぬぞ」

アリアは咄嗟《とっさ》にガレウスの持っている大剣に手を出す。

二発攻撃を食らって分かったが、ガレウスが愛用しているだけあってこの大剣の攻撃力は凄《すさ》まじい。

流石のアリアと言えど、絶対に攻撃を食らうというなら無視できるわけがなかった。

《空間掌握》を発動している状態のため、ガレウスが反応する前にアリアは大剣に触る。

そして。

見事にその大剣を根本からへし折った。

一度攻撃するチャンスを見逃してまで取った行動。

恐らく正解のはずだ。

「そっちを狙ったか。冷静だな」

「腕を失うのはごめんじゃからな」

「どうせ命を失うのに、腕なんかを気にするのか？」

「フン、抜かせ」

アリアは血だらけの拳で力いっぱい殴りつける。

《空間掌握》を使用しているなら、こちらの攻撃も絶対に当たるようなものだ。

ほぼ同じ条件——どちらかと言うとガレウスが有利な状態。

先手どころか二手目まで与えてしまったが、アリアも遂に反撃を始めた。

「——ヌゥ！」

アリアに思いっきり殴りつけられたガレウスは、その勢いのまま壁に衝突する。

ギリギリ直撃は避けたが、それでも馬鹿《ばか》にならないダメージだ。

あの小さな体のどこに力を秘めているというのか。

やはり見た目というのは当てにならない。

「今度はこっちの番だな」

瓦礫《がれき》の中から出てきたガレウスは、大剣と同じように自分の拳を振りかぶる。

固く拳を握り——体を捻《ひね》りながらの正拳突きだ。

もちろんその拳の先には何もない。

しかし、それで問題はなかった。

標的は勝手に近付いてきてくれるのだから。

「……ッア！」

アリアの顔面がガレウスの正面に。

ガレウスはそれを確認するまでもなくぶん殴る。

絶対に当たるのは分かっているため、アリアを目で追う必要もない。

ただ全力を拳に込めるだけだ。

今度はアリアもガレウスと同様に吹き飛ばされた。

「――もう一発だ！」

アリアを吹っ飛ばしてからの追撃。

ガレウスがもう一度拳を握ると、まるでヒモが付いているかのようにアリアの体は戻ってきた。

サンドバッグのシステム。

これは、アリアが死ぬまで続けることができる。

ガレウスの《完全必中》は生き物に対してしか使えないため、アリアが戻ってこなくなった時――即《すなわ》ちそれがアリアの死の証明である。

つまり、その時が来るまで殴り続ければいい。

普通の相手ならば一発殴っただけでも即死するものだが、アリアは一体何発耐えるのだろうか。

二発目がアリアにヒットした。

三発目。四発目。

そして五発目を食らいにアリアが戻ってくる。

「ん？」

そこで。

急にガレウスは手を止めた。

明らかな違和感。

今……確かに攻撃が空振りした。

同じように追撃を加えようとしたところ、何故《なぜ》かそれがヒットしなかったのだ。

こんなこと経験したことがない。

アリアが避けたのか。

いや、違う。

自分の拳がなくなっていた。

「……クク、流石に拳が無かったら攻撃は当たらぬらしいな」

「お、お前……俺の拳を！」

「油断しおったな、馬鹿め」

アリアは傷だらけの顔で笑う。

鼻血も垂らしながらの笑顔は、何とも言えない憎たらしさがあった。

まさか拳そのものを吹っ飛ばすとは。

大魔王らしい大胆な発想に、それを実現させる実力。

しかも、ガレウスに攻撃されながら実行したのだから恐ろしい。

「この野郎があぁぁぁ！」

「——もうそれは食らわぬぞ」

ガレウスが逆の拳を握ると。

アリアは、それが振りかぶられる前に仕掛ける。

《空間掌握》を発動中の今なら、シンプルなスピードはアリアの方が何倍も上だ。

ガレウスの《完全必中》の対抗策。

攻撃される前にこっちが攻撃してしまえばいい。

攻撃は最大の防御とはよく言ったものである。

ガレウスの攻撃パターンはもう把握した。

何をしてくるかも手に取るように分かる。

こうして逆の拳で攻撃してくるのも、アリアの想像通りだ。

「二本目」

ガレウスの残りの腕も、アリアによって容赦なく吹き飛ばされる。

両腕がなくなった状態。

それで終わらせるアリアではない。

ガレウスにはまだ攻撃する手段が残っている。

アリアが次に狙ったのは両足だった。

「——ヌワッ!?」

しなるようなキックで骨を粉砕。

ガレウスは自重で立てなくなり崩れ落ちる。

両腕を失っただけでなく、両足まで使えなくなってしまった。

一応吹き飛ばされた四肢を再生することは可能だ。

しかし、再生するにはあまりにも時間が足りない。

腕一本に一分。

アリアがそんな悠長なことを許してくれるわけがないだろう。

詰み。

幹部たちも全員出払っているため、もうガレウスにできることはなかった。

「はぁ……はぁ……儂の勝ちじゃな」

「流石だな……大魔王アリア。やはり勝てなかったか」

「……んあ？　さっきまで儂を見くびっておったではないか」

「本気で見くびっているわけがないだろう……舐《な》められないように虚勢を張っていただけだ」

「……そうか」

ガレウスは観念したように体を地につける。

それと同時に、アリアに対して称賛のようなものを送っていた。

勝利したとはいえ、アリアも満身創痍《まんしんそうい》の体。

ガレウスの命を奪う一歩手前で手を止める。

「まさか直接乗り込まれるとはな……ここまで対応が早くては敵《かな》わん」

「意外じゃな。何も考えずに侵攻していたように見えたが、ちゃんと戦力差を分析して行動していたとは」

「俺とお前がまともに戦っても勝算は薄いからな」

「……それもしっかり理解していたのか」

「理解してなきゃお前の仲間に攻撃なんてしてないさ」

「確かにそうじゃな。西の魔王ベルナカンに対しても同じように侵攻したのか？」

「……西の魔王は俺一人でも十分に勝てる。今回のように丁寧にする必要はない」

「お主の分析力は目を見張るものがあるな」

「俺が警戒しているのは大魔王アリアと北の魔王だけだ」

「どうしてお主は他《ほか》の魔王と戦おうとするのじゃ？」

「簡単だ。大魔王の座を奪って世界を支配する。お前らは邪魔なのさ」

「若いな。昔の儂を思い出すぞ」

「昔のお前にになら勝てたかもな」

「笑わせるな。勝てるわけがなかろう」

アリアがクククと笑って。

二人の他愛《たわい》のない会話が終わる。

アリアが戦ってきた中でも、ガレウスはトップレベルの強敵だ。

凄まじい力に、戦闘に関しての賢さを持つ化け物。

殺すには惜しい。

「最後に言っておくが、お主の部下は全員死んだぞ」

「……完全敗北というわけか」

「ではさらばじゃ――」

アリアは、ガレウスが苦しむ暇すら与えず全てを終わらせる。

強敵に対する慈悲。

ガレウスも抵抗するようなことはしなかったため、魔王同士の戦いとは思えないほどあっさり決着はついた。

「……はー」

アリアは疲れをドッと表し――ガクンと膝《ひざ》を地につける。

そして、ペッと血が混じった唾《つば》を吐いた。

顔面をあんなに思いっきり殴られたのは久しぶりだ。

鼻血もまだ止まりそうにない。

それだけでなく、体にも大きな傷がある。

かなりの深手。

きっと骨も何か所か折れているはず。

これは回復に少なくとも数週間はかかるだろう。

こんなダメージを食らうことは想定していなかったため、応急処置用のアイテムは何も持ってきていない。

ディストピアに戻れるかすらも怪しいくらいだ。

どうしようかなー、と。
アリアは大の字で寝っ転がりながら考える。
――が、何も思い浮かばない。
「仕方ないな」
ため息交じりに呟くアリア。
ここでゆっくりしていても助けが来るわけではない。
むしろ、南の魔王軍の雑魚が集まってくる危険性がある。
本来ならすぐに移動するべきだ。
戦いを好むアリアも、流石に今日だけは話が別である。
「……ったく、当分は何もせぬぞ」
真っ赤な足跡を残しながら。
アリアは、起き上がって外に向かうのだった。

第五・五章
苦難を越えて

南の魔王軍が崩壊したその後。

リヒトを始めとしたメンバーたちは、被害のあった場所で復興の手助けをしていた。

彼らの破壊力は想像以上であり、一筋縄で解決するような問題ではない。

失った命は《死者蘇生《ししゃそせい》》で取り戻せるものの、壊れた家や大地は自分の手で直すしかないのだ。

ここまでくると、天災と呼んでも過言ではないだろう。

本当に迷惑な話である。

――そんなこんなで、ドロシーはミズキの元で一緒に片付けを行っていた。

「これで最後かな」

「うん。ありがとう、ドロシー」

「いいのいいの。掃除は嫌いじゃないから」

水浸しになった屋敷を、二人で何とか元に戻す作業。

随分と派手に戦ったため、作業量は果てしなく多い。

死霊や魔法を駆使したとしても、あっという間に日が暮れてしまいそうだ。

「南の魔王軍……だったっけ？　急に襲ってきたからビックリした」

「災難だったね。魔王様がすぐに気付いてくれたから良かったよ。もし気付くのが遅れていたら、もっと酷《ひど》いことになってたと思うから」

「そういえば……結局私のところに来た奴《やつ》も、魔王様が遠くからの魔法で殺したんだよね」

「あ！　それボクも見たよ！　めちゃくちゃ凄《すご》かったなー」

掃除の休憩中。

ふと今回の戦いの話に花が咲く。

ミズキも被害を受けた当の本人であり、アリアに命を救われた存在だ。

決して興味のない話題ではない。

それに――アリアのあの強力な魔法。

見たこともない正確さと威力だった。

あれこそがミズキの求める強さであり、憧《あこが》れ。

目撃者というドロシーにミズキは食いついた。

「どうやってた？　構えは？　詠唱は？」

「ちょ、ちょっと落ち着いて……」

「ごめん。でも教えてほしい」

ドロシーから一歩離れた興奮状態のミズキ。

自分の中ではかなり落ち着いているつもりなのだが、それでもまだダメだったようだ。

ふぅ……と深呼吸。

そして、改めてもう一度質問をする。

「先に言っとくけど、参考にならないと思うよ？」

「それでもいい。ドロシーが見たまんまの情報を教えて」

「えっとね……三発ともボクと喋《しゃべ》りながら撃ってたよ」

「え？」

ミズキはついつい聞き返す。

ドロシーはこんな時に冗談を言うような性格ではない。

だから言っていることは本当だと信じていいのだろうが、肝心の内容が冗談じみたものなのだ。

あれほどの魔法を、ドロシーと喋りながら。

そんなついでのように放ったというのか。

「本当に？　あれだけの威力で？」

「うん。一応よそ見はしてなかったよ」

「……そ、そうなんだ」

いくら好奇心が強いミズキと言えど、それ以上ドロシーから何も聞くようなことはしなかった。

聞いたところで、自分の魔法には何も活《い》かせないと判断したからだ。

むしろ、アリアを参考にすると悪影響が出るかもしれない。

魔法の奥深さを改めて知るミズキ。

アリアのように魔法を扱えるまで、自分はあとどれくらい修行すればいいのだろう。

百年？　二百年？

当分は暇じゃなくなりそうだ。

「あ、そういえば、ドロシーはここに魔力回復のポーションを届けてくれたよね？」

「そうだよ。ちゃんと届いてたみたいで安心したー」

「あれ助かった。ヘトヘトだったから」

「困った時はお互い様だよ。それに、あのポーションは魔王様のものだから、お礼なら魔王様に言ってあげて」

「分かった。でも今は無理だからドロシーに言っておく」

「んん？　それならオッケー……かな」

ドロシーはありがたくミズキのお礼を受け取ると。

手早く掃除の続きに戻る。

本来なら無駄話をしている時間はない。

暗くなる前に全部終わらせなくては。

ドロシーは使役している死霊の量を増やす。

「じゃあパパっと終わらせちゃおう」

「りょうかーい」

ミズキは乾いた雑巾《ぞうきん》を持つ。

これからは仕上げだ。

本当なら風でも吹き起こして一気に乾かしてしまいたいが、そんなことをしたらせっかく片付けた家具たちまで吹き飛んでしまう。

その暁《あかつき》には、ミズキがドロシーに吹っ飛ばされるのがオチであろう。

「あ、最後にお茶を一杯」

「……はいはい」

こうして。

ドロシーの努力により、ミズキの屋敷は元の姿へと戻っていくのだった。

＊＊＊

「リヒトさん！　フェイリスさん！　こちらに昼食を用意してます！」

「もうそんな時間か」

「美味《おい》しそーなの」

竜人の里にて。

復興の手伝いをしていたリヒトとフェイリスの元に嬉《うれ》しい報告が届く。

昼食の時間だ。

朝からずっと働いていたため、そろそろお腹《なか》に何かを入れたくなってきた頃合《ころあ》いである。

カインやラルカたちもそれを察してくれたのか、準備ができた瞬間すぐに教えてくれた。

「これはなんだ？」

「湖で捕れた魚です！　とっても美味しいですよ！」

机に並べられていたのは、さっき捕れたばかりの魚たち。

調理方法は至ってシンプルだ。

塩を振って焼くだけ。

生で食べるようなことはしないらしい。

竜人族の最《もっと》もポピュラーな家庭料理である。

それが机の端から端まで目一杯に広げられていた。

「いっぱいありますから、遠慮なく食べてくださいね」

「すごい量だな……」

「頑張った甲斐《かい》があったなの」

フェイリスは骨を上手《うま》く残しながら魚をかじる。

よっぽどお腹が空《す》いていたのだろう。

みるみるうちに肉の部分は消えていき——。

あっという間に骨だけになった。

そのスピードはピラニアの群れにも勝りそうだ。

「美味しいなの」

「あ、ありがとうございます！　良かったです！」

ホッと胸を撫《な》で下ろすラルカ。

リヒトたちの口に合うか心配していたようだが、その心配は杞憂《きゆう》に終わったようだ。

ラルカもフェイリスの隣に座る。

そして、骨ごと魚の頭を噛《か》み砕いた。

実に竜人らしい食べ方である。

「その……今回は本当に感謝しています。南の魔王軍から守ってくださっただけでなく、こんな手伝いまでしてくださるなんて」

「気にしなくていいなの」

「で、でも……」

「フェイリスの言う通りだよ。アリアの命令があったからこそだし、俺《おれ》にできるのは守ることくらいだから」

「アリアさん……ですか」

アリアという名前に、ラルカはピクリと反応する。

この名前は、南の魔王軍を倒した直後にも出てきた名前だ。

リヒトたちを従えている存在。

そんな人が、また自分たちのためにリヒトとフェイリスを動かしてくれた。

感謝してもしきれない。

「――アリアさんには、どうしたら会えるのでしょうか！」

「え……会う？」

「はい！　直接会ってお礼をしなければと思いまして……！」

「うーんと……会ってくれる可能性がないわけじゃないけど」

唐突なラルカの発言に、リヒトは頭を悩ませる。

ラルカの目を見たら、今の発言が本気であることは分かった。

難しいというのも承知の上であろう。

この勇気ある行動を無下にするのもかわいそうだ。

できればラルカの望みを叶《かな》えてあげたい気持ちになる。

――と同時に、やはりアリアを説得する難しさも伸しかかる。

アリアは全《すべ》て気まぐれで行動すると言っても過言ではない。

その性格を鑑《かんが》みると、とても任せておけとは言えなかった。

「武器と防具を受け取りに来る時、アリアを連れてこれるかもしれない。もちろん絶対じゃないけど」

「そ、それでも大丈夫です！」

「リヒトさん、それならお願いしたら何とかなりそうなの」

「そうだな。アリアに頼んでみるか」

結果。

今すぐではないが、アリアに後日頼んでみるという方向に落ち着く。

ラルカとしては、それでも望外な結果だ。

元々玉砕覚悟の提案であったため、可能性が僅《わず》かに存在しているだけでもありがたい。

これからの仕事にも気合が入る。

「ラルカ姉さーん。こっちは綺麗《きれい》になったよー」

「分かったー！　カインもそろそろ休憩したらー？」

「そうするよー」

遠くにいるラルカに、カインから大きな声で報告が届いた。

現在、カインたちは南の魔王軍の侵攻で流れた血を掃除している。

もう少し時間がかかる作業だと思っていたが、想定よりも早く終わることになったらしい。

みんなの里が元の輝きを取り戻しつつある。

子どもたちも、外で追いかけっこをしながら遊んでいた。

いつもの日常。

一度失いかけたからこそ、その素晴らしさが理解できる。

「子どもは元気だな」

「楽しそうなの」

「リヒトさんたちが来て喜んでいるんですよ。子どもたちにとってはヒーローですから」

「……ヒーローなんて似合わないけど」

リヒトは元気に遊んでいる子どもたちに目を向ける。

過去に来た時よりやけに騒がしい。

ラルカ曰《いわ》く、リヒトたちの姿を見て喜んでいるようだが、肝心の二人は素直に喜ぶことができなかった。

そもそも、このような視線に慣れていない。

子どもと関わる機会もこれまでの人生でなかったため、どう接していいのかも不明だ。

特にフェイリス――子どもに興味津々《きょうみしんしん》ではあるものの、上手くアプローチできずにずっとモジモジしている。

ラルカはそれを察したのか、遠目で見ている子どもたちをチョイチョイと呼んだ。

「フェイリスさん、良かったら子どもたちと一緒に遊んであげてください」

「え……やめておいた方がいいなの」

「そんなこと言わないで、ほら」

ラルカに呼ばれた子ども数人が、フェイリスの服を弱い力で引っ張る。

これには座っていたフェイリスも立ち上がらざるを得ない。

そして立ち上がったら最後。

「こっちだよ、おねーちゃん」

「ひ、引っ張ったらダメなの……！」

「はやくはやくー」

「ううぅ……」

あっという間にフェイリスは子どもたちに連れていかれてしまった。

あれだけフェイリスが焦るのも珍しい。

本当に子どもと関わった経験が少ないのだろう。

リヒトはその様子を面白そうに眺めている。

「リヒトさん、すみません。フェイリスさんを無理やり……」

「ああ、全然大丈夫。フェイリスもそっちの方が良かったみたいだし」

「フェイリスさんって不思議な方ですね」

「うん。今でもあいつのことはよく分からないよ」

苦笑いするリヒト。

フェイリスのことを知るには、もっと膨大な時間が必要だ。

リヒトはまだ彼女のことをほんの一部しか知らない。

ちょっとはフェイリスのことも分かってきたかと思えば、毎回その度に予想外の行動ばかり取られる。

今回もそうだ。

「次はおねーちゃんが鬼ね！」

「分かったなの」

「にげろー！」

チラリとフェイリスのいる方向を見ると、そこには楽しそうに子どもたちと遊ぶ彼女の姿があった。

誰があんなフェイリスの姿を想像しただろうか。

長い間一緒にいるアリアでさえ、きっと予想できなかったと自信を持って言える。

「リヒトさんも交ざりますか？　なんて」

「いや、俺は遠慮しとくよ。まだ仕事は残ってるし」

「そ、そうですか……なら私も手伝いますので、作業の方を終わらせちゃいましょう！」

そのラルカのセリフをきっかけに、リヒトはよいしょと立ち上がる。

子どもたちの笑顔を見て、少しだけやる気が出てきた。

作業も終盤。

協力したらあと少しで終わる作業量だ。

フェイリスが遊んでいる間に終わらせてしまおう。

できれば子どもたちが笑顔の間に。

リヒトはふぅと気合を入れた。

「これが終わって帰還したら、アリアにさっきのことを聞いてみるよ」

「は、はい！　よろしくお願いします！」

ラルカは笑顔を見せ、腰の位置まで頭を下げる。

そして、残りの作業のために駆け出した。

よっぽどリヒトの言葉が嬉しかったのだろう。

リヒトもそれに負けてはいられない。

アリアが起きている時間に帰らなくてはいけないため、早めに作業を終わらせる必要がある。

こうして。

それぞれの目標の中、作業を再開するのであった。

＊＊＊

「すごい。エルフの国が元通りになってる、お姉さま」

「そうね、イリスちゃん。お姫様が頑張ってるのかしら」

イリスとティセは、アリアの命令によりエルフの国へと訪れていた。

その目的は一つ——南の魔王軍からの被害を確認するためだ。

あまりにも被害が酷ければ、それに応じてサポートをしなくてはならない。

イリスとティセもそれを覚悟でここに来ていたわけなのだが……現実は想像と大きく違った。

エルフの国は見違えるほどに元の姿を取り戻している。

確かこの国には多くの魔獣が押し寄せていたはずだ。

そのせいでたくさんの家がなぎ倒されたわけだが、そんな惨劇があったとは思えないくらいに栄えていた。

「とりあえずお姫様のところに行きましょう。まずはお話を聞かないと」

「分かった、お姉さま」

エルフの国の現状に驚きながらも、二人はまずアルシェの元へと向かう。

この国を一番よく知っているのは間違いなくアルシェ。

アルシェの元に行き、大きな問題がないことを確認すれば二人の仕事はもう終わりだ。

「すみません、お姫様は今このツリーハウスにいらっしゃいますか？」

「た、確かにいらっしゃいますが……お名前をうかがってもよろしいでしょうか？」

「私はティセで、この子はイリスです」

「ティ、ティセ様にイリス様ですか!?　失礼いたしました！」

エルフの従者は、二人の名前を聞くと慌てて扉を開ける。

自分たちの名前はしっかり認知されているらしい。

この従者の反応を見ると、ただ知られているというだけではなさそうだが、一体どんな風に紹介されているのだろうか。

ちょっとだけ気になってしまう。

――が、それを聞くのはもう少し後。

忙しいであろうアルシェの時間を無駄に奪うわけにはいかないため、二人は案内されるままにツリーハウスの中へと入った。

「イリス様にティセ様、ようこそいらっしゃいました」

すると。

そこには丁寧に出迎えてくれるアルシェの姿。

まるで二人がここに来ることが分かっていたかのように、キッチリと人数分の椅子《いす》が用意されている。

申し訳なさまで芽生えてくるような歓迎方法だ。

ティセは促されるままに椅子に座り、イリスは何故《なぜ》か隣の椅子を無視してティセの膝《ひざ》の上に座る。

「こんにちは、お姫様」

「元気だった？」

「はい。お二人のお陰で何とか無事に済みました」

アルシェは深々と一礼。

その言葉から、最大限の感謝が伝わってくる。

「イリス様とティセ様がいなければ、この国は南の魔王軍によって攻め落とされていたでしょう……それに、リヒト様は犠牲《ぎせい》になったエルフたちを蘇生《そせい》してくださいました。感謝してもし切れないほどです」

「いえいえ。全部魔王様の指示ですから。私たちはそれに従ったまでです」

それに——と、ティセは付け加える。

「ここまで立て直しているのは、エルフたちの団結力とお姫様の統率力の賜物《たまもの》ですよ」

「お姉さまの言う通り。みんな凄い」

「私の力ではありません。民たちが頑張っているだけですから」

アルシェは首を横に振る。

あくまで自分の力ではなく、エルフたちみんなの努力であるという主張だ。

謙遜《けんそん》とは何か少しだけ違う。

アルシェが心からそう考えていると伝わってきた。

「それにしても、こんなに早く復興するのは予想外でした。どのような指示をされたのですか？」

「指示というのもおこがましいですが……今こそ協力して助け合うべきと呼びかけました。それ以上は何もしていません。民たちが自然に動き出したんです」

「みんないい人だね、お姉さま」

「そうね、イリスちゃん。国民性ってやつかしら」

イリスとティセは感心するようにアルシェの話を聞く。

こんなに素直な国民であれば、アルシェも統治に苦労はしないだろう。

これから起こる問題も、今回のように簡単に乗り越えていくはずである。

アルシェに対しての信頼と、素直なエルフたちの心が合わさったことによって、凄《すさ》まじい復興スピードを叩《たた》き出していた。

人間たちとは大違いだ。

「もう私たちの出る幕はなさそうね」

「うん。心配いらないと思う」

「私たちがお二人にこれ以上望むことはありません。魔獣から危機を救ってくれただけで返しきれない恩です」

仕事の終わりを察知して、んーとイリスは背伸びをした。

そしてティセの体に背中を預ける。

この国で二人がやることはもう何もない。

無理に手伝おうとしても、知識がない二人が助太刀《すけだち》したところでむしろ邪魔になるはずだ。

妖精《ようせい》や精霊もこういう場面では使えない。

そもそも、手伝おうとした瞬間アルシェに止められてしまうであろう。

——と、二人は心の中で言い訳をして、ディストピアに帰還するため席を立った。

「……それでは、魔王様に報告するために一度ここで」

「はい。ありがとうございました。魔王様にもよろしくお願いいたします」

「頑張ってね。イリス応援してる」

「ありがとうございます。うふふ」

ティセに持ち上げられたイリスと軽くハイタッチを交わすアルシェ。

ついつい顔が綻《ほころ》ぶ。

自分にもこんな妹がいたらなぁ……という気持ちが芽生え。

それと同時にまるで娘のように接してくれる子どもたちを思い出す。

ちょっとだけ幸せな気持ちになった。

「さあ、イリスちゃん帰りましょ」

「分かっ――あれ？　お姉さま、あそこ見て」

ティセがイリスと手を繋《つな》いだところで。

イリスが急に窓の外に目を向ける。

何かを発見したようだ。

チョイチョイとティセの服を引っ張り、同じ目線になると指をピンと指す。

「どうしたの？　イリスちゃん」

「あそこ。あの人ってもしかして」

「あの人？」

イリスの目線の先には。

どこかで見たことがあるような気がする人物の影。

敵でないことだけは確かだ。

その人物は、エルフたちに交ざって家を必死に建て直している。

エルフの持つ特徴的な耳はしていない。

間違いなく人間だ。

青い髪。大量の汗。そしてピョンと跳ねたアホ毛。

数秒後――ティセはやっと思い出した。

「あ！　ラエルさんだわ！」

「うん。すごい偶然」

聖女ラエル。

確かリヒトが蘇生させたにも拘《かか》わらず、自分たちの仲間になることを拒絶した人間だ。

本来なら殺される予定だったが、アリアの厚意によって記憶を消して外に放《ほう》り出された。

ラエルの行方《ゆくえ》は聞いていなかったが、まさかこんなところにいるとは。

偶然と言うべきだろうか、運命と言うべきだろうか。

「あの方は最近この国に訪れた方ですが、お二人のお知り合いですか？」

「知り合いと言いますか……敵ではないと言っておきます」

「？　な、なるほど……」

アルシェは頑張って理解しようとしたが、それも残念ながら不発に終わる。

世にも珍しい姫の愛想笑いだ。

「ラエルさん……何をしてるんだろ」

「……よく分からないけど、エルフたちを手伝ってるみたいね」

「おー、流石《さすが》聖女様。おもしろい」

二人はじっくりラエルを観察する。

……すればするほど、彼女の本気度が伝わってきた。

家を建て直すための木材運び――それを何往復も繰り返す。

木材が溜《た》まったら、自分の手でカナヅチを持って修理だ。

汗だらけになりながらも、その手は一切止めようとしていない。

エルフたちより体は弱いはずだが、ラエルの作業量は倍以上である。

一体どこからそんな力が湧《わ》いてくるのだろう。

二人は面白そうにその様子を眺めていた。

……ディストピアに戻るのはもう少し後になりそうだ。


「ラエルさん！　木材を持ってきました！」

「ありがとうございます！　そこに置いといてほしいのです！」

「はい！」

ラエルは手にマメを作りながらも、力いっぱい釘《くぎ》を打つ。

被害を受けたというエルフの国に駆け付けて数日。

毎日休むことなく、エルフたちの手伝いをラエルは行っていた。

流石にそろそろ疲れが出始めているが、それでもラエルが休むことはない。

他のエルフたちが頑張っているというのに、ラエルだけが休むことはできない。

ラエルの意地だ。

「ラ、ラエルさん……もう休憩をした方がいいんじゃないでしょうか？」

「何を言っているのですか！　今日はこの家の修理が終わるまで寝ないのです！」

「そ、それだとラエルさんの身が……どうして見ず知らずの私たちにそこまで……？」

ラエルの体を心配するエルフからの言葉。

その疑問は当然のものだ。

ラエルは流浪の民であり、彼女からしてみればエルフは何の関わりもない種族。

それに、ラエルに対して何か施しをしたわけでもない。

ただ困っているというだけで、ラエルは寝る間も惜しんで手伝いをしてくれている。

会ったばかりの種族に対して、ここまで献身的になれるだろうか。

多くの答えはノーだ。

「見ず知らずとか知り合いとか関係ないのです。困ってる時はお互い様なのですよ」

「お互い様……？」

「そうです！　私はとある村で命を助けてもらいました。今回は私が助ける側に回っているだけなのですよ！」

ラエルはそう言うと、気を取り直して作業に戻った。

とてつもない集中力。

これなら、本当に今日中に終わりそうだ。

……ラエルの汗が頰《ほお》を伝う。

心身ともに限界が近付いているはずだが、手を止める気配は一切ない。

豆が潰《つぶ》れて血が滲《にじ》み、見ているだけでも痛そうである。

「……分かりました。ラエルさんを休ませるために、早く修理を終わらせてしまいましょう」

「その意気なのです！　――って、あれ？　目標が変わってるような気が……」

何かに引っかかったラエルは、あれれと首を傾《かし》げるが――。

最後には深く考えることをせず、まあいいかと作業に戻る。

そして。

日が暮れる前に終わらせるため、夢中で体を動かし続けるのだった。

＊＊＊

「――まったく。こんな大怪我《けが》までしてしまって……ロゼは無茶をしすぎよ？」

「す、すみません……お母様」

カミラは、ロゼの腕の傷を隠す包帯を付け替える。

ついでに危険な行動に対しての注意も。

あの騒動から数日が経《た》ったが、未《いま》だにカミラは言及を止めることはない。

「私はロゼがいつか大変な目に遭いそうで不安だわ……」

「気を付けます……」

申し訳なさそうに腕に手を当てるロゼ。

ヴァンパイアの回復力を持ってすれば、骨まで見えるこの傷も一週間以内には消える。

腕でランシアの攻撃を受けたのは大正解だ。

重要器官にダメージが入っていれば、一週間という短期間では完治しない。

戦闘の中でのロゼの素早い判断が功を奏した。

――と、自分の中ではダメージを抑えた戦いであったが、カミラからすればそんなことは関係ないらしい。

自分の体を心配してくれているのは理解できるが、それでも信頼されていないようで少しだけ寂しかった。

両親には内緒で何回か死んでしまった経験があるが、これがバレたら一体どうなってしまうのだろう。

「まあまあ。私たちを守ろうとしてロゼが体を張ってくれたんだ。責めることはできんさ」

「それはそうですけど……娘がこんな目に遭う姿なんて見たくありませんわ……」

「その気持ちは痛いほど分かる。でも、ロゼも頑張ったんだ。一対一も見事に勝利したようだしな」

「あ、ありがとうございます！　お父様！」

カミラをなだめるアリウス。

その隣で、シュンとしていたロゼは一気に笑顔になった。

大事な娘の笑顔。

それを見ると、カミラもこれ以上怒れなくなってしまう。

「……分かりました。でも、無茶なことはこれからしちゃダメよ？　アリウスさんくらい強かったら話は別だけど……」

「なあに、ロゼならすぐに私を超えるさ」

「ま、まだお父様の足元にも及びませんが、いずれは並んでみせます！」

ロゼは力強く意気込みを見せる。

アリウスは偉大なる父であり、ロゼの目標だ。

いずれはアリウスの隣に立ちたい。

いつになるのかは分からないが、きっとその日は訪れるはず。

それを信じてロゼは毎日を過ごしていた。

今回の戦いで、少しは前に進めただろうか。

その答えはまだ分からない。

「それにしても、まさか南の魔王軍に目を付けられるとはな。ローズ家の娘も来るし、意外なことばかりだ」

「……きっと、ランシアが私たちへの恨みを晴らすために来たんだと思います」

「ふむ。ローズ家も落ちぶれたものだ」

アリウスの呆《あき》れたような表情。

ローズ家に対する失望か。

くだらない動機で面倒な事態に巻き込まれた怒りもあるかもしれない。

だが――そんな表情も一瞬。

すぐにいつものアリウスの顔へと戻り、ロゼの方を見た。

「ロゼ、お前が南の魔王の元に行っていなくて良かったよ。今の魔王様を選んだのは大正解だったな」

「はい！　運命というやつですね！」

「本当にロゼは恵まれているわ。同じ魔王でも、こんなに差があるんですもの」

ロゼは食い気味にアリウスの言葉を肯定する。

そして、カミラの言葉にはキラキラと目を輝かせた。

どのようなタイミングでも、自分の主《あるじ》であるアリアが褒められるのは嬉しい。

しかも、尊敬している両親が言うのだからなおさらだ。

「そういえば、リヒト君とは最近どうなんだ？」

「へ!?」

「そうよ、ロゼ。リヒト君とは上手くいってるの？」

「ちょ、ちょっと待ってください！　私とリヒトさんはまだそんな関係じゃないです！」

突然の質問に、ロゼは慌てて否定を始める。

アリウスとカミラはやけにリヒトのことを気に入っているようで、明らかにおかしなタイミングでもお構いなしに話題に出してきた。

ロゼとしては極力避けたかった話題だ。

何か進展があったかというと答えはノー。

本当に何の進展もないまま月日が流れてしまった。

それを自ら言わなければいけないのは、公開処刑にも似た気持ちになってしまう。

「え……本当に上手くいってないの？」

「は、はい……」

「別に拒まれているわけじゃないんだろう？」

「拒まれてはいないと思います……多分」

「そうか。それならいいんだが、あまりのんびりしてるとリヒト君が取られてしまうぞ」

「と、取られる!?」

不穏な言葉に、ロゼは珍しく声を荒らげる。

「あくまで私の勘なのだが、リヒト君にはライバルが多い気がしてな」

「私もそんな気がするわ。リヒト君頼りになるし」

「………なるほど」

「アリウスさんも若い頃はモテモテでしたね」

「……おいおい。そんなのもう忘れたぞ」

アリウスは困ったように苦笑い。

カミラは、口元は笑っていたものの目は笑っていなかった。

アリウスの若い頃は当然ロゼの知らない時代であるが、何となくモテモテだったのは想像できる。

カミラが嫉妬《しっと》するほどなのだから、それはそれは凄かったのだろう。

そんなアリウスだからこそ、リヒトに何か感じるものがあるのかもしれない。

「とにかくロゼ、自信を持つのよ。弱気になっても良いことなんてないんだから」

「はい……お母様」

「アリウスさんも何か言ってあげてください」

「んー……まあ、ロゼなら上手くいくはずだ。気負うことはないさ」

カミラはロゼの肩を叩いて、アリウスはロゼの頭を撫でる。

優しい温《ぬく》もり。

やっぱり両親の近くにいると安心する。

ずっとこの時間が続いてほしいくらいだ。

「きっと……お父様とお母様に良い報告ができるようにいたします！」

「おお、それは楽しみだな」

「その意気よ、ロゼ」

両親の激励を受けながら、ロゼは強気に宣言する。

リヒトを振り向かせるため、これから忙しくなりそうだ。

もう恥ずかしがってはいられない。

ロゼはモジモジするのをやめた。

「孫の顔を見るのはすぐになりそうだな」

「そうですわね。楽しみですわ」

「………………まっ」

高らかな宣言の直後。

ボンと爆発するように顔を紅潮させ、ロゼは魂が抜けたように気を失った。

……関係の進展はもう少し先になりそうだ。

＊＊＊

「魔王様、新しい包帯持ってきたよー」

「おお。気が利くな、ドロシー」

「痛み止めの薬も貰《もら》ってきたなの」

「フェイリスも助かるのじゃ」

南の魔王戦後――自室で療養中のアリアに、二つのアイテムが届けられる。

アリアの傷は深い。

魔王の再生能力をもってして、完治に恐らく数週間。

回復魔法を使っても焼け石に水な状態の大怪我だ。

安静にし、傷が広がらないようにする必要がある。

……少なくとも、肩から腰にかけての大きな傷が塞《ふさ》がるまでは。

それまではアリアも暴れるわけにはいかない。

現在は、下僕たちが各々《おのおの》のタイミングで看護を行っていた。

「魔王様、包帯外すけどいい？」

「うむ」

ドロシーはアリアの上半身に巻かれている包帯を外す。

かなり血が滲んでおり、さらに何重にも巻かれている。

全部巻き取り終わると、そこにはやはり大きな傷があった。

固まった血、塞がっていない傷。

見ているだけで痛々しい。

恥ずかし気もなく胸がさらけ出されているが、そんなこと全く気にならなくなるほどだ。

かつてドロシーはアリアの再生能力を見たことがあるが、その時はこんなに傷の治りは遅くなかった。

一体どうして今回は深く残っているのか。

南の魔王の攻撃は、それほど特殊なものだったのだろう。

ドロシーにはとても理解できるような領域ではないため、そのように想像することくらいしかできない。

「酷い傷なの」

「これでよく生きていられたよね。ボクだったら真っ二つになってるよ」

「まともに攻撃を食らったからな。油断しておったのじゃ」

アリアは少し反省するように呟《つぶや》いた。

南の魔王が予想外の技を使ってきたというのもあるが、それは単なる言い訳にしかならない。

ちゃんと警戒しておけば、こんなに大きな傷を作る必要はなかったのだ。

いわばこれは戒め。

高い授業料だと思って、アリアはぐぬぬと受け入れる。

「一応痛み止めを塗っておくなの。魔王様、こっち向いて」

「悪いな、フェイリス――ぎっ!?」

フェイリスは、竜人から貰った痛み止めをアリアの傷に塗る。

竜人が作ったものが魔王に効くかどうかは置いておいて、やけにこの痛み止めは傷口に染みて痛い。

フェイリスがペタペタ塗る度に、アリアは体験したことのない感覚に耐えていた。

フェイリスの善意が見える以上、やめてくれとは言いにくいため、アリアは黙って何も異常がないかのように振る舞う。

「ふぅ、これで完了なの」

「はあ……」

「一応体も拭《ふ》いとくよ、魔王様」

痛み止めに耐えて脱力したアリアの体に、ドロシーは水で濡《ぬ》らした布を当てる。

アリアの体にはまだ乾いた血が残っていた。

これでは汚いし、何より痛々しい。

包帯を巻く前にどうにかしておかねば。

ドロシーは静かに手を動かす。

(それにしても、魔王様の体細いなぁ。どっからあんな力がきてるんだろ)

そこでドロシーが気付いたのは、アリアの体にほとんど筋肉が付いていないこと。

あれほど豪快なパワーを持っているというのに、アリアの肉体はまるで普通の子どものようだ。

直《じか》に触れてみたからこそ、間違いないと言える。

そう考えたら、魔王の体を観察できるなんて一生に一度しかない貴重な体験かもしれない。

柔らかい腕、細い腰、小さい背中。

どれも人間とほぼ変わらない。

強《し》いて言えば、胸の成長が著しく控えめなことくらいだろうか。

当然それを指摘したら殺されてしまうため、ドロシーが口に出すことはしないが。

——と、ドロシーが手を動かしていると、アリアの体は元の綺麗な肌を取り戻す。

「至れり尽くせりじゃな」

「別に大したことじゃないけどね」

アリアは、綺麗になった体を見て満足そうに頷《うなず》く。

何かドロシーにジロジロ見られていた気がしないでもないが、きっと丁寧に拭いてくれただけだろう。

とても気が利く良い下僕《しもべ》だ。

「これって傷が塞がっても跡とか残るのかな？」

「んー。初めてのことじゃから分からぬな。リヒトがいればこの傷ごと全部治るのじゃが」

「そうだった。魔王様は、リヒトに治してもらうのじゃダメなの？　……治してもらうって言っても語弊があるけどさ」

ドロシーの提案。

それは、アリアが一度命を落とすことによって、リヒトのスキルにより完全復活するというもの。

《死者蘇生》が発動すれば、アリアのこの傷も元通りになって治る。

今のように自然治癒《ちゆ》を待つ必要もなければ、痛みに耐える必要もない。

フェイリスもドロシーもそれを体験したことがあるが、本当に一瞬の出来事だ。

「嫌じゃ。そっちの方が簡単なのは分かっておるが、どんな理由があっても死ぬのは御免じゃな」

「……そう言われたらこっちも納得するしかないね」

が。

アリアによって、その提案は即却下された。

死ぬのが嫌。

理屈ではなく、感情による返答。

最もシンプルな答えであり、ドロシーに説得という選択肢は与えられない。

考えてみれば、ドロシー本人も自害するのは気が引ける。

手をかけるのは紛れもない自分自身であるため、殺されるのとは全く別の問題なのだ。

「——失礼します。魔王様、入ってもよろしいでしょうか?」

そこで。

不意にコンコンと扉がノックされた。

この声はティセ。

アリアが入れと答えると、ゆっくりと扉が開く。

「魔王様、お見舞いに来た」

「おお、イリスにティセ……ロゼまでいるのか」

「もう少ししたら、リヒトさんもここに来るみたいです。魔王様の容態が心配ですから」

「別に心配されるほどでもないがな。まったく」

アリアは胡坐《あぐら》をかきながら頬杖《ほおづえ》をつく。

ここに全員集合したら、ディストピア全体の守りが手薄になってしまうではないか。

持ち場を離れるならちゃんと調整しろと言ったのに。

いや、そもそも見舞いはいらないと言っていたはずなのに。

ロゼは反省している気配もないし、イリスとティセに至ってはルール違反に気付いてすらいない。

見舞いなんて退屈なことを、わざわざする意味がアリアには分からなかった。

するにしても、ルールくらいは守ってほしいものである。

まあ……それでも嫌な気分はしないのだが。

仕方がない下僕たちだ。

「魔王様、回復は順調ですか？」

「ああ。問題ないのじゃ」

「それなら良かったです。ね、イリスちゃん？」

「うん。安心した」

「……どっちかと言うと、イリスやティセがノーダメージなのが引っかかるが」

アリアは不思議そうにイリスとティセを見る。

この二人はエルフの国に向かっていたが、あそこは戦争レベルの大規模な戦いがあったはずだ。

恐らく今回の騒動での被害が一番多い。

戦いに関わった者の総数は、優に一万に達していただろう。

しかし、蓋《ふた》を開けてみれば、イリスとティセの二人だけで全てが終わっていた。

エルフたちを逃がしたのも、幹部を倒したのも、魔獣たちを追い払ったのも。

ほとんどこの二人が為《な》したことである。

それで二人ともかすり傷一つないのだから面白い。

「お姉さまが頑張ったから勝てた」

「あらあら。そう言ってくれるのは嬉しいけど、イリスちゃんが頑張ったのよ?」

「ううん、お姉さま」

「いやいやイリスちゃん」

「……もうよい。全員頑張ったでいいじゃろ。……まあ、明らかに一人だけ負担がとんでもない奴がいたがな」

アリアはそう言うと。

話題の人物の足音を聞き取って廊下の方を見る。

それに連動して、下僕たちもアリアの視線の先を見た。

足音は弱々しく、どこか疲れが見える。

きっと、何千人も蘇生して疲れ切っているのだろう。

その者は、何も知らずにここへ歩を進め——。

そして。

何故か不自然に集まる視線に困惑していた。

――リヒトだ。

「大集合だな……」

「お疲れ様です、リヒトさん」

「アリアは怪我大丈夫か？」

「問題ない。ちょっと回復に時間はかかるがな」

リヒトはアリアの無事を確認すると、ホッと安堵《あんど》の表情を見せる。

南の魔王は今までの中でもトップクラスの強敵だった。

それは、アリアとほぼ互角に渡り合うほど。

アリア自身油断こそしていたものの、手を抜いていたわけではないのだから恐ろしい。

「まさかアリアがここまで追い込まれるとは思ってなかったよ」

「勝てばいいのじゃ、勝てば」

アリアは、どうでもいいと言わんばかりに手をヒラヒラさせる。

彼女なりの信条なのだろうが、少々不安要素が大きい考え方である。

今回は何とかアリアが勝利を収めたが、もし仮に南の魔王が勝利していた場合――。

リヒトはすぐにアリアの蘇生を行えなかった。

そして、アリアがいないまま戦いが進められていたら……きっと自分たちは押し切られていたであろう。

敗北の可能性はゼロではなかったのだ。

アリアの力に全てを任せる考え方が、危険だと知ることになった良い機会。

リヒトを含めた全員が、アリアに頼り切っている状態を変えなくてはいけない。

それと同時に、敵に対する認識も。

魔族が持っている力は、自分たちが思っている以上に強力だったことを証明されてしまったのだから。

「俺自身にも言えることだけど、侮らないようにしなくちゃな」

「う、うむぅ……悪かったのじゃ」

リヒトが真面目《まじめ》に言っていることを察すると、流石《さすが》にアリアも真面目な対応をする。

アリア自身も今回の反省点は分かっていた。

だからこその戒めだ。

「ま、まぁ、まずは勝利を祝いましょう……！」

「うんうん」

「みんな活躍したなの」

「お姉さま、お腹空いた」

「あら。そろそろご飯の時間ね、イリスちゃん」

空気を変えるロゼに、アリアとリヒトは頷く。

「そうじゃな。そういえば、エルフたちから大量の食い物が届いておるぞ。リヒト、準備するのじゃ」

「腐る前に食い切らないとな……」

「礼儀正しい種族じゃ。さて——行くか」

「あー……アリア。先に聞いときたいんだけど」

「ん？　どうしたのじゃ？」

「服……着た方がいいんじゃないか？」

リヒトは、どこか申し訳なさそうにアリアの状態を指摘する。

身体《からだ》を拭いたままで、包帯を巻くのを忘れていた。

今は……傷どころか胸までさらけ出されている状態だ。

アリアはやっとそれに気付くと、顔を少し赤くして包帯を手に取り——。

巻くのではなく、リヒトに投げつけたのだった。

エピローグ

国王たちの集い

「初めまして、ベルン女王。本日はわざわざお越しいただきありがとうございます」

「いえ、危機的状況のようですから当然です。あの手紙を頂いたら、私も動かざるを得ません」

ラトタ国の女王であるベルンは、その隣国であるレサーガ国へと出向いていた。

ベルンが女王として国外に出るのは初。

記念すべき第一回である。

ベルンが女王になる前もそこまで深い関わりがあったわけではないため、ラトタ国自体の歴史の中でも稀有《けう》な例であろう。

本来ならこのような誘いは全《すべ》て断っていたが……今回ばかりは流石《さすが》に無視することはできない。

渋々睡眠時間を削って訪れた次第だ。

その手紙の内容とは――魔王同士の衝突についてのもの。

このタイミングであることを考えると、自分の主《あるじ》である魔王アリアのことで間違いない。

「こちらにて国王様がお待ちになっております」

「……失礼します」

ベルンは緊張する気持ちを抑えつけて客室の扉に手をかける。

レサーガ国の国王と会うのはこれが初めてだ。

アリアの邪魔をし、リヒトを追放した国。

すなわち、ベルンの敵と言っても過言ではない。

ゴクリとベルンは唾《つば》を飲み込んだ。

「――おお、あれがベルン女王か」

「噂《うわさ》には聞いていたが美人だな」

「まさか本当に来るとは」

そこにいたのは、いかにも権力を持っていそうな小太りと痩《や》せ型の男たちが数人。

そして、その男たちのボディーガードであろう屈強な男が人数分。

持っている権力に比例でもしているのか、ドカッと偉そうに座っていた。

どれがレサーガ国の国王なのか分からないが、誰《だれ》がその名を名乗っても納得できる面々である。

そんな男たちが一斉に隠すこともなくベルンのことを見つめているため、入室早々ベルンの心は不快な気持ちを覚えた。

薄紫の長い髪に、人間の目を引き付ける巨大な胸部。

ベルン自身が人間界で成り上がるために用意した自慢の容姿であるが、それでもいやらしい目で見られるのは気持ち悪い。

「ようこそ、ベルン女王。まずは感謝を伝えたい」

真ん中のひときわ目付きの悪い王冠を被《かぶ》った男がベルンに声をかける。

きっとこの人間がベルンを呼んだ張本人。

つまり、レサーガ国の国王だ。

「初めまして国王様。お会いできて光栄です」

「集まってもらった理由は、説明するまでもありませんね？」

「当然です」

「それなら本題に入りましょう。全員揃《そろ》ったようですから」

国王はそう言うと、机の上に大きな地図を取り出した。

「つい先日、大規模な戦いが連続で発生しました。調査によると、南の魔王が動いたとされています」

「南の魔王が⁉　誰と戦ったと言うのですか？」

「それはまだ断定できません。ですが……想像はついています」

国王は、南の魔王軍拠点とは別の場所を丸で囲む。

その場所は人間界と魔界の境界線。

海の上にある一つの岩だ。

当然ベルンはこの場所を知っていた。

言うまでもなく、自分の主の拠点だったから。

「この場所に強烈な魔力反応があるという話はご存じですね？」

「それは知っているが……まさか」

「我々は、南の魔王とここにいる化け物が戦ったと踏んでいます。我々の頭を悩ませていた化け物です」

国王はキッパリと言い切る。

その目からは、絶対的な自信が感じられた。

かなり丁寧に調査をしたのだろう。

でなければ、ここまで自信を持って発言することはできない。

……現にそれは正解だ。

国王の言う通り、アリアは南の魔王と衝突し、勝利した。

ベルンはそれを知っているからこそ、人間たちの調査能力に感心させられた。

「南の魔王もとてつもない強さを持った化け物。そんな化け物と戦ったということは、戦力的に疲弊しているのは自明の理」

「君が何を言いたいのかは分かってきたぞ」

「流石はジョウン国王。話が早い」

マズい。

ベルンは話の中でそれを理解する。

この人間たちは、南の魔王戦で消耗しているアリアたちに攻撃を仕掛けようとしているのだ。

しかも、権力を持った小太りのオヤジと思っていた男は、別の国の国王というサプライズ付き。

ベルンの記憶が正しければ、ジョウンとはシラフィール国の国王の名前。

人間界最大レベルの冒険者ギルドを運営しており、そこそこの戦力を持っていたはず。

名前だけは憶《おぼ》えていたが、流石に顔までは把握し切れておらず気付くのが遅れてしまう。

もう少し人間について勉強しておけば良かった……と、後悔。

ベルンは頭を必死にグルグル回していた。

「漁夫の利というわけだな」

「その通り。戦いを仕掛けるなら今しかないと判断しました」

「検討する価値はありそうだ。我々の国も無視できる問題ではないからな」

「今こそ人間たちが協力する時なのです。我々の兵力を持ってすれば、一日で攻め落とすことも可能でしょう」

「面白い話だ。南の魔王も同時に討ち取れればさらに面白い」

「他《ほか》の国に大きなアピールとなるはずでしょう。魔王の一人を討ち取ったとなれば」

小太りの男たち——もとい国王たちはワイワイと話し始める。

満場一致《まんじょういっち》と言わんばかりの雰囲気。

否定的な意見を出しそうな者は一人もいない。

これはもう決まったようなものだ。

「ラトタ国も、どうか協力していただけないでしょうか?」

「へ、あ、あぁ……えっと」

「ラトタ国も、位置的には解決しておきたいはずですが」

「そ、そうですね……」

ベルンは答えを濁すような態度で時間を稼ぐ。

どうしよう。

国王の言っていることはもっともなもの。

レサーガ国に次いで、ラトタ国はディストピアに近い。

ここで好意的な態度を示さないと不自然だ。

しかし、このままでは消耗しているアリアたちの元に大量の人間が押し寄せることになる。

魔王の下僕として最《もっと》も正しい答えは、今この場で国王全員を殺すこと。

そう考えれば、手に汗が滲《にじ》んでくる……。

だがそれは現実的ではない。

この老人たちを殺すことなら容易《たやす》いのだが、その後ベルンは確実に捕らえられる。

そうなった場合、その後のことは想像に難くない。

煮るなり焼くなり、処刑するなり人間たちの自由だ。

まずは女王としての立場を守ることが最優先。

そう結論付けたベルンは、一旦《いったん》好印象になるであろう答えを返した。

「分かりました。素晴らしい案かと」

「そうでしょう！　分かってくれると思っていました！」

ラトタ国は、「形だけ」アリアに敵対する道を選ぶ。

アリアならこの戦いも何とか乗り越えてくれるはずだ。

大丈夫――と、自分に言い聞かせるベルン。

この後すぐに今回の話をアリアに報告すれば、十分に間に合ってくれるだろう。

「詳しい話はこれから練っていきましょう」

「兵力を集める時間が必要ですな」

「レサーガ国の戦力は十分なのでしょうな？」

「ご心配なく。我々は新しい戦力を得ることに成功しました」

新しい戦力？

国王の口から、聞き捨てならないセリフが飛び出す。

別に大した戦力ではないかもしれないが、情報が多いに越したことはない。

ベルンにできることはこれくらいしかないのだから。

「新しい戦力とは……例えば？」

「勇者パーティー『聖王の剣』です」

「おお！　まさかあの『聖王の剣』ですかな⁉」

「素晴らしい！　人類最強と名高い者たちではないですか！」

国王たちは、その名前を聞くと周りの目を気にせず大きな声を出す。

この反応からすると、『聖王の剣』とやらは相当の実力者なのだろう。

ベルンも、噂話で多くの国を股《また》にかける冒険者がいると聞いたことがある。

それがたまたまレサーガ国に来ていて、そこで依頼をしたという線だろうか。

『聖王の剣』の実力が未知数であるため、ベルンには何も言えないが、一応アリアに伝えておいた方が良さそうだ。

ラトタ国に戻ったら、ちゃんと調べておく必要がある。

「これなら安心ですね」

「ベルン女王、そう言っていただけて嬉しいです」

「それで……少々席を外してもよろしいでしょうか？」

「どうなされましたか？」

「……お手洗いに」

「おっと失礼。遠慮なくどうぞ」

「ありがとうございます――では」

ベルンは上手《うま》く部屋から抜け出すと。

アリアに全てを伝えるため、話をまとめたメモを作り始めたのだった。

書き下ろし特別編

奴隷のアイリス

「ふぁあ……こんな朝早くから何なんだ」

朝。

アリアによって呼び出されたリヒトは、あくび交じりでアリアの部屋の前に到着する。

こんな時間帯に呼び出されるのは珍しい。

そもそも、アリアが朝早くに起きていること自体が驚きだ。

一体何を言われるのだろう。

変なことでなければいいのだが……神に祈るしかない。

そんな思いの中でアリアを待っていると。

もう一人――意外な人物が訪れる。

「おはよう、リヒトさん」

「ああ。おはよう、フェイリス。どうしてここに？」

「魔王様に呼ばれたなの」

「え？　フェイリスもなのか？」

追加で現れたのはフェイリス。

ディストピアの面々の中でも、何かと一緒に行動することが多い仲間だ。

どうやら彼女もアリアに呼び出されたらしい。

この流れだと、今回も一緒に行動することになりそうだが……。

リヒトは余計に何を言われるのか分からなくなる。

少なくとも、ロゼに任されるような雑用というわけではない。

「何の用なのかは聞いてないよな？」

「うん。呼ばれただけなの」

「そうか。うーん」

リヒトは頭を悩ませる。

アリアがこの二人を呼ぶ理由を考えていたが、どうにも正解が浮かんでこない。

一応過去にあったケースとしては、徹夜続きで体調を崩したドロシーの看病だったり、寝ているイリスとティセを起こしに行ったり。

主に気を使う仕事ばかりだ。

どうせなら用件を最初から教えてもらいたいのだが、アリアはいつになったら覚えてくれるのであろう。

と、アリアに対して愚痴を言いそうになった時。

バンと音を立ててアリアの部屋の扉が開いた。

「――お。もう集まっておったのか」

「アリアに言われたからな」

「感心感心。勤勉じゃな」

アリアはご機嫌にリヒトの肩を叩《たた》く。

今日のアリアはやけに機嫌がいい。

普通、朝は不機嫌かぐったりしている印象が大きいが……今日は何故《なぜ》か違っていた。

朝の気だるさを吹き飛ばすような何かがあったのか。

とても気になるところである。

「今日は何の用なの？」

「ベルンから面白い情報が届いたのじゃ。どちらかと言うと、フェイリスに関わってくるのじゃが」

「私？　ベルンって人と会ったことがないのに？」

「そうじゃ」

フェイリスは首を傾《かし》げる。

もちろんベルンという存在は知っていた。

人間界にあるラトタ国という国を統治している女王であり、その正体は人間ではない。

アリアのたくさんある情報源の一つだ。

ラトタ国は「冒険者の国」と呼ばれるほどに冒険者の数が多い。

それだけに入ってくる情報は尋常ではなく、周辺の魔物大量発生、農作物の不作などの情報が彼らからもたらされる。

つまりベルンと繋《つな》がっていることで、人間界の情報は大体アリアの元に入ってくるのだ。

集まってくる情報と言えば、この世界でもトップクラスかもしれない。

そういう意味で、ベルンはアリアのお気に入りの存在だった。

しかし、フェイリスとベルンに直接的な関係はなく、顔を合わせたことすらないレベル。

そんなベルンから面白い情報が届いたとのことだが……どういうことなのだろう。

それに加えて、フェイリスに関わってくるとは。

まだまだ話が見えてこない。

「アリア、どういうことなんだ？」

「どんな情報を貰《もら》ったなの？」

「んーと……ベルンの国にある、闇《やみ》の奴隷市場についてじゃな」

「……奴隷市場？」

アリアの口から出たのは、奴隷市場という単語。

普通なら耳にしないような単語だ。

とてもではないがフェイリスと関係があるとは思えない。

「奴隷市場って、確か合法じゃないよな？」

「うむ。人間の世界だと、奴隷は認められていないようじゃな」

「それが私と関係あるなの？」

「こらこら、そんなに焦るでない。詳しい話はまだ分からぬが、ベルンが闇社会の犯罪組織を潰《つぶ》していた時に、気になる人物を見つけたらしいのじゃ」

闇社会——というのは、その名の通り表では形成できないような社会。

リヒトも存在だけは知っている。

自国であるレサーガ国にも存在していたが、ラトタ国でも闇社会は存在するらしい。

人間が暮らしているところにはほぼ確実にある奇妙な領域である。

主に奴隷市場で売られているのは身寄りのない女や子ども。

中には人間以外に他《ほか》の種族（エルフなど）が紛れていることも。

命令に逆らわない都合のいい労働力は、経営者や貴族にとって欲しいものだ。

そういう人間がいる以上、奴隷市場がなくなるとは思えない。

一度ギルドの依頼で闇社会を調べたリヒトだからこそ、そう強く言い切れる。

そんな強大な闇社会を制裁しようとしているのがベルン。

今回、ベルンは奴隷市場に目を付けたようだ。

確か彼女は女王としての仕事にあまり乗り気ではなかったような気がするが……しっかりと国が良くなるように行動していた。

普通に人間が統治するより有能かもしれない。

ラトタ国の国民はさぞ幸せであろう。

「気になる人物……」

「正確に言うと、そこで奴隷として扱われている人物じゃな」

奴隷。

それは身分としては最下位と言っても過言でない存在。

一日中ほぼ無給で働かされており、その労働内容もとても過酷なものが多い。

鉱山で使われるものもいれば、農業で使われるものも。

とにかく普通の人間がやりたくないことを任されている。

そんな扱われ方をする奴隷の中から見つかったということは、よっぽど他の人間とは違う何かを持っているのだと思われた。

確かにアリアが興味を持つのも納得だ。

ベルンもよくこんなにアリアが好きそうな話を持ってこれるなぁ、と。

リヒトは感嘆にも似た気持ちになってしまう。

「せっかくだから、この目で確かめに行くぞ。今日集まってもらったのはそれが理由じゃ」

「そういうことか」

「異論はないな？」

「ない……かな」

渋々頷《うなず》くリヒト。

こうなった時のアリアの好奇心は、リヒトが説得したところで抑えられるものではない。

もし異論を唱えたとしても、無理やり連れていかれるのが関の山だ。

フェイリスもそれを理解しているようで、リヒトと同じようにコクコクと頷いている。

「あれ？　でも、フェイリスと関係していることについて説明してもらってないぞ？」

「あー、そうじゃったな。実はその奴隷なのじゃが、フェイリスと似た能力を持っているらしい」

「え？」

アリアから出た衝撃の言葉。

リヒトが呆気《あっけ》に取られているのを無視して、アリアは話を続ける。

「儂《わし》が興味を持った一番の理由なのじゃが、その奴隷の髪は水色で、綺麗《きれい》な青の瞳《ひとみ》のようじゃ」

「フェ、フェイリスと同じじゃないか……それってもしかして」

リヒトはチラリとフェイリスの方を見る。

すると。

フェイリスは心当たりがあるらしく、青ざめたような表情で呟《つぶや》いた。

「お姉ちゃん……かも」

＊＊＊

「オラッ、新しい仕事だぞ！　さっさと働け！」

「……」

ラトタ国——とある店にて。

そこには、一人の店主と働かされている奴隷がいた。

店主の方は小太りで背の低い男。

奴隷の方は水色の髪に青い瞳の女。

サイズが合っておらず、ズラせば胸部が見えてしまいそうな服に身を包んでいた。

店主の命令に、奴隷は何も言わず従っている。

ここはラトタ国の中でもトップレベルに繁盛しているレストランだ。

客は営業時間終了まで絶えることはない。

ここまで人気になった理由としてあげられるのは、この店のメニューの多さと圧倒的な安さ。

安さで言えば、同じメニューでも他の店と比べて値段は約半分。

普通なら店が潰れてしまいそうなギリギリの値段設定なのだが、この店にはそれを補うほどの特徴がある。

店主が目を付けたのは、闇市で売られている奴隷たち。

合計で十数人購入したが、今のところ問題なく歯車になっている。

重い食材を運ばせたり、九時間も鍋《なべ》を混ぜさせたり。

とても都合のいい労働力だ。

それを手に入れた店主は、今日も今日とて奴隷を休む暇なく働かせていた。

「さっさとしろ！　この能無しが！」

今働かせている奴隷は、少し他の奴隷とは違いがある者。

この奴隷は奴隷市場から格安で購入したものであり、もちろん特別な技術などは持っていない。

簡単な雑用しかできない——言わば無能奴隷である。

店主がこの無能奴隷を購入した理由は一つ。

あまりにも値段が安すぎたから。

売り物と言うのすらおこがましいレベル。

もはやタダ同然で手に入れることができた。

この時点で訳ありというのは理解していたが、物珍しさでついつい購入してしまった。

パッと見た感じだと、体の一部が欠損しているわけでもないし、知能も会話ができる程度には持っている。

見た目もそこまで悪いわけではない。

……いや、どちらかと言うと美しい。

体を洗って、しっかりとした服を着せてやれば、そこら辺の貴族の娘よりも可愛《かわい》らしさが出てくるだろう。

娼館《しょうかん》で働いたら、きっとどの店でも一番人気になれるはずだ。

ならば何故、この奴隷はあれほど安かったのか。

購入して数日――まだその答えは見えてこない。

「この肉を全部干してこい。つまみ食いしたら許さねえからな」

「……はい」

奴隷は店主の命令に従って動き出す。

特に命令に逆らうこともなく従順だ。

長い水色の髪を揺らして、そそくさと肉を移動させ始めた。

よく見たら、右耳に穴が開けられてピアスが付けられている。

そのピアスには、5という数字とアイリスという文字。

5というのは恐らく奴隷として判別するための番号。

アイリスというのは、きっとこの奴隷の名前だ。

なかなかこの国では珍しい名前。

この国で生まれた者じゃないのだろうか。

——と、ここまで考えて店主は思考を止める。

そんなことはどうでもいい。

どうせアイリスという名前を知ったとしても、店主がこの奴隷のことを名前で呼ぶことはないであろう。

奴隷はあくまで奴隷。

人権など当然なく、道具のような存在だ。

使えるまで使い、使えなくなったら捨てる。

そんな道具に情が湧《わ》くことなんてない。

「——おいテメェ！　その包丁に汚い手で触るな！　お前より数百倍価値があるんだぞ！」

「ご、ごめんなさい！」

そこで。

店主はとある包丁をどかそうとしたアイリスを叱《しか》りつける。

確かに肉を干すためには邪魔な位置にあった包丁だ。

それをどかさなければ、肉を動かす時に誰かが怪我《けが》をするかもしれない。

だからと言って、勝手に料理人の命と言える包丁に触ったことを許すわけがなかった。

アイリスが触ったのはこの国の中でも最高クラスのもの。

一流の研ぎ師が研いだ特注品である。

「もういい！　お前はあっちに行ってろ！」

「わ、分かりました――きゃっ」

「おい⁉　何やってんだ⁉」

その場からアイリスをどかした店主に、さらなる不幸が訪れる。

どかした時によろけてしまったアイリスが、調理台の上にあった調味料を全部床にひっくり返してしまったのだ。

考え得る中でも一番面倒臭い状況。

床に落ちてしまった調味料は、もう使い物にならない。

これだけでも損失は酷《ひど》いものである。

それこそ、アイリスを買った時の金額より大きいはず。

そこで店主の怒りは頂点に達した。

「この馬鹿《ばか》たれが！」

「きゃっ⁉」

遂に店主は我慢できず、ミスを繰り返したアイリスの左頬《ほお》を殴りつけた。

軽い躾《しつけ》だ。

少し痛い思いをさせておけば、大抵同じようなミスをすることはなくなる。

それに加えて憂さ晴らしの目的も。

奴隷にいくら暴力を振るったとしても、それ自体が罪として裁かれることはない。

アイリスが女とはいえ、そんなことは全く関係なかった。

頬が赤くなり、アイリスは地面に勢いよく倒れる。

「……ぅ」

「次やったらぶっ殺すからな！」

店主の荒い言葉がアイリスに投げかけられる。

これで多少店主の気も晴れた。

だがしかし、面倒な状況が目の前にあることに変わりはない。

おまけにもう一発いっておこうか。

なんて考えていた時。

店主に異変が起きた。

「――おごぉ!?」

店主の左頬に、思いっ切り殴られたような痛みが発生したのだ。

あまりにも突然の現象であったため、店主も商品のところに吹っ飛ばされる。

そして、さっきと同じように商品がぐちゃぐちゃになってしまった。

店主は慌てて殴ってきた犯人を探すが、ここにいるのはアイリスと自分の二人だけ。

誰かが隠れているような気もしないし、こんなことをされる理由もない。

ならば犯人はアイリスになるのだが……。

肝心のアイリスは殴られて地面に伏している。

「な、なんだ今の……」

「ごめんなさい、私のせいです」

「……はあ？」

店主が困惑していると、アイリスが申し訳なさそうに口を開いた。

殴られた左側の目は痛そうに閉じている。

確かにアイリスは私のせいと言ったが、どういうことなのか。

アイリスが動いていないのは明白。

しかも、華奢《きゃしゃ》な体をしているアイリスがこんなパンチを打てるとは思えない。

アイリスがやったというよりも、アイリスがやっていないと説明する方が簡単なくらいだ。

「どういうことだ！　説明しろ！」

「能力……です。昔から、受けた痛みはそのまま勝手に相手へ跳ね返してしまうんです」

「は、跳ね返すぅ？」

店主はそれを聞いて思い出した。

この世界には、スキルという生まれながらにして持っている力が存在する。

スキルの効果というのは様々で、戦闘に関わるものだけではなく、生活に役立つようなものまで確認されていた。

自分の周りにはスキルを持つ人間がいなかったため忘れていたが、どうやらアイリスはスキルを持つ者らしい。

まさかダメージをそのまま跳ね返すスキルがあるとは。

つまり、店主は自分自身に殴られたということだ。

「お前……だからあんなに安かったのか！」

それと同時に思い出すもう一つのこと。

それは、アイリスが奴隷市場で格安奴隷として売られていた事実。

格安で売られる奴隷には絶対わけがある。

普通は欠損なり病気なりの理由なのだが、アイリスはこのスキルが原因だ。

こんなスキルを持っていたのでは、躾なんて一つもできない。

極端なことを言えば、アイリスが言うことを聞かなくてもこちらは手を出すことができないということ。

奴隷としてはとてつもなく邪魔なスキルである。

奴隷をまるで娘かのように丁寧に傷付けず扱うなんて御免だ。

あの奴隷商人が簡単に売り払った理由が分かった気がした。

「クソッ！　外れを掴《つか》まされたぜ！」

店主はアイリスの荷物をまとめて、売り飛ばす準備を始める。

こんな使い勝手の悪い奴隷はいらない。

安物買いの銭失いとはこのことだ。

最初から普通の奴隷を買っておけばよかった。

アイリスを売った金でどれくらいカバーできるだろうか。

見た目だけは悪くないため、スキルのことを隠して娼館にでも売ればそこそこの金額になるかも。

と、店主は金策を練る。

「あの……ご主人様」

「黙ってろ！　今日の飯は抜きだからな！」

「ひっ……」

アイリスはビクリと目を瞑《つむ》り。

静かに左頬の痛みに耐える。

もう自分は何も言わない方がいい。

これ以上何か言うと、もっと酷いことになってしまいそうだ。

アイリスには、自分に与えられる処罰を黙って受け入れるしか道が残されていなかった。

「――てんちょー。いるー？」

「ああ？　……なんだ、お前か。どうした？　こっちは忙しいんだ」

「水色の奴隷貸してよ」

「今日もか？　どんな病気を持ってるか分からないのによくやるぜ」

店主は呆《あき》れたように男の顔を見る。

今調理場に入ってきた男は、この店でフロアのリーダーを任せている者だ。

チャラチャラしてあまり性格が合うタイプではないが、仕事面では優秀で結果を残しているため無下に扱うことはできない。

最近はアイリスをやけに気に入っているようで、毎回仕事が終わったら連れていってしまう。

トイレで吐いているアイリスをよく見かけることから、いつも何をしているのかは大体想像できるが……物好きな奴《やつ》もいるのだなと言うしかなかった。

とてもではないが自分じゃ無理だ。

「アイリスだっけ？　みんなが待ってるから早く来いよ」

「嫌……です」

「あと五分以内にいつもの部屋に来ないと罰ゲームね。そんじゃ」

それだけ言うと、アイリスを置いて男は調理場から出ていく。

これも見慣れた光景だ。

毎回こう言われると、アイリスは絶対に自分から男の元へ向かう。

それも、驚くほどすんなりと。

相当罰ゲームとやらが嫌なようだ。

ここまで従順になるのなら、逆に何をしているのか気になるところ。

店主は、下唇を噛《か》みしめて立ち上がるアイリスを呼び止めた。

「おい、あいつにいつも何されてるんだ？」

「………言いたくないです。すみません」

「チッ――待て。誰が行っていいって言った？」

軽く拒否されたことに対して舌打ち。

顔を下に向けて立ち去ろうとするアイリスを、また店主はしつこく引き留めた。

「あいつのところに行くのはここを片付けてからにしろ。お前が全部こぼしたんだろうが」

「え？　でも、それじゃあ間に合わ――」

「知るかよ。とにかく先に掃除だ。元通りにしとけ」

店主は濡《ぬ》れた雑巾《ぞうきん》をアイリスの顔に投げる。

アイリスは、ビシャっと音を立てたそれを黙って顔で受け止めた。

さっき殴られた箇所に水が染みて痛い。

こんなところで掃除をしていたら、五分なんてあっという間に過ぎてしまう。

しかし、そんなのを店主に言っても仕方ない。

さっきの男にこの事情を伝えても、絶対に説得するのは無理だ。

嫌だ嫌だ嫌だ。

どうにかこの場所が綺麗になってほしい。

どうにか時間に遅れても怒らないでほしい。

どうにか――今日をやり直させてほしい。

と。

アイリスは、信じてもいない神に祈っていたのだった。

＊＊＊

「あ！　お待ちしておりました！　魔王様！」

「久しぶりじゃな。ベルン」

とある日の昼。

ベルンから例の情報を受け取ったアリアは、ラトタ国に堂々と姿を見せていた。

もちろん隣にはフェイリスとリヒトがおり、今回の件を調査することになっている。

ラトタ国に来るのはいつぶりであろう。

この国は中華風の建物が並んでおり、国の真ん中に大きな城が鎮座している。

街には冒険者が多く歩いており、四六時中《しろくじちゅう》賑《にぎ》やかな雰囲気だ。

決して治安が良いとは言えないが、アリアにはこれくらいの方が丁度いい。

ベルンが女王になってから治安が良くなっているようだが、少しくらいは騒がしいところを残してほしいものである。

「本日はお越しいただきありがとうございます。貴女がフェイリスさんですよね？」

「はじめまして、なの」

「初めまして！　お会いできて嬉《うれ》しいです。リヒトさんもお久しぶりですね」

「うん、久しぶり」

そんなアリアたちを出迎えてくれたのは、嬉しそうな表情を見せているベルンだ。

アリアたちがここまで簡単にラトタ国へ入国できたのはベルンのおかげ。

この他にも、人間界の情報共有やディストピアにヘイトが向かないように調整などをしてもらっている。

今まで関わってきた種族の中でも、トップレベルに貢献してくれている存在かもしれない。

いつの間にかアリアのお気に入りへと昇格していた。

やはり妖狐《ようこ》というだけあって、上手《うま》く立ち回っていると言えるだろう。

もしリヒトがベルンの立場だったら、人間たちに気を配りつつアリアのことをサポートするなんて不可能だ。

「よくやってくれているようじゃな、ベルン」

「は、はい！　魔王様のために尽力させていただいています！」

「今回は奴隷市場で気になるものを見つけたようじゃが……詳しく話を聞かせてもらってもいいかの？」

「もちろんです！」

ベルンは生きいきと言葉を続ける。

先ほどからやけにご機嫌だ。

アリアへ報告する時はいつもこんな感じなのか。

それは本人とアリアにしか分からない。

「この国では奴隷市場というものが裏で開かれているみたいでして、数千人規模の売買がされています」

「人間以外も奴隷として売られているのか？」

「そうですね。人間が九割ほどで、残りの一割はエルフや亜人がいるようです」

ラトタ国の闇の部分。

奴隷市場というのはかなり大規模のようで、人間以外も取り扱っているケースがあるようだ。

エルフや亜人などは、恐らく人間との混血種だと思われる。

人間ではないが、エルフや亜人でもない。

どちらからも受け入れられない存在。

そんな行き場のない者たちを集めて奴隷として扱っているとは。

到底許されるような行為ではない。

「今回見つけた奴隷は、人間ではなく亜人でした。特殊なスキルも持っています」

「……！　どんなスキル。教えてほしいなの」

「あまり信憑性《しんぴょうせい》の高い情報ではありませんが、その奴隷は受けたダメージ全部をそのまま相手に反射してしまうようです」

「た、確かにフェイリスと似てるな」

「似てるなんてものじゃない。瓜《うり》二つじゃ」

ここにきて初めて明かされる奴隷の特徴。

リヒトは驚き、フェイリスは唖然《あぜん》としている。

受けたダメージを相手に反射するスキル――ここだけ聞くと、フェイリスと全く同じと言ってもいい。

唯一違うのは、そのスキルが発動する条件に制限がないこと。

フェイリスの《怨恨《えんこん》》が発動するためには、自身が死亡しなくてはいけないという条件があった。

自分が死ぬほどのダメージを相手に返すため、相手も同じダメージを受けて同じ死に方をする。

これがフェイリスのスキルだ。

しかし。

ベルンの言う奴隷は、自分が死なない程度のダメージでも相手に反射することができるらしい。

殴られたら殴られた分だけ、五回殴られたら五回反射する。

フェイリスと同じように死んだ時にも発動するのかは不明だが、それでも強力なスキルと言えるだろう。

もしこの奴隷がフェイリスの姉と言うのなら……納得できてしまう。

「フェイリス……どうだ？　本当にお姉さんなのか？」

「間違いないの。お姉ちゃんと同じ」

「ほぉ」

リヒトが問いかけると、フェイリスは深刻そうな顔で頷く。

感情の起伏が少ないフェイリスと言えども、流石《さすが》にこういう時には動揺してしまうようだ。

まあ自然と言えば自然。

実の姉が奴隷として売られているなんて聞いて、全く動揺しない方がおかしい。

むしろ、もっと慌ててもいいくらいである。

もし自分がフェイリスの立場なら、会話もできないくらいに取り乱す可能性も。

……とにかく、フェイリスにとって無視できない事態になっているのは事実だ。

「でも、どうしてフェイリスのお姉さんが奴隷に……」

「……分からない。お姉ちゃんと離れたのは、百年以上前のことだから」

「アリアもフェイリスのお姉さんのことは知らないのか？」

「知らんな。顔も見たことがないのじゃ」

百年という時間。

この間に、フェイリスの姉は奴隷として扱われるようになった。

これほど時間が経《た》っていると、何が起こったかなんて想像できない。

そもそも百年前にフェイリスと姉は一緒にいたのか？

そもそもフェイリスと姉が離れることになった理由とは？

どうしてフェイリスの姉はアリアの元に来なかったのか？

フェイリスの出自は？　本名は？　アリアの元に来たきっかけは？

フェイリスの姉だけでなく、フェイリスに関する情報も少なすぎる。

思い返してみれば、自分はフェイリスのことを何も知らない。

分からないことだらけ――この状態では考えるだけ無駄だ。

「ベルン、フェイリスの姉がいる場所は分からぬのか？」

「すみません……詳しい場所は分かりません。奴隷市場というのは、常に場所を変えて商売をしているようでして」

「何も情報が出てこぬな。普通に探すのなら相当厳しいぞ」

ベルンは申し訳なさそうに頭を下げる。

しかし、特にそれをアリアが責める様子はない。

奴隷という存在はコロコロと主人が変わっていくものだ。

正確な居場所なんて分かるはずがなかった。

しかも、今回は開かれる場所が決まっていないタイプの奴隷市場。

余計に探す難易度は高いだろう。

「そうだ、フェイリス。お姉さんの名前はなんて言うんだ？」

「名前はアイリス。これだけは確かなの」

「アイリスか……分かった」

リヒトはアイリスという名前を頭に刻み込む。

これで多少は探しやすくなったはず。

ベルンとしても、名前があるかないかでは大きく違うであろう。

アイリスがどこにいるのか分からないが、あまりゆっくりしているとドンドン遠くに行ってしまいそうな予感がする。

フェイリスもそれは感じ取っているようで、クルッとベルンの方を向いた。

「ベルンさん。一個お願いがあるんだけど……いい？」

「私は魔王様からの命令なら何でも従うつもりです」

「じゃあベルン――今からフェイリスが言うことは、儂の命令と考えろ」

「かしこまりました」

アリアの一言で、ベルンの目つきが変わる。

今まで以上により真剣になった。

リヒトと話をしている時とは全く違う。

アリアの命令は、ベルンにとってそれほど大きなものらしい。

リヒトやフェイリスまで緊張してしまう空気だ。

「もしよかったら、ベルンさんにも探すのを手伝ってほしいなの」

「任せてください」

即答。

ベルンは迷うことなく了承した。

元々これはベルンが持ってきた話。

アイリスの話だけして、あとは自分でご自由にどうぞとは言えない。

ベルンには手伝う義務がある。

それがベルンの考え方だ。

「え、本当にいいのか？」

「大丈夫です、リヒトさん。そもそも、奴隷市場はいつか潰す予定でしたから」

「……忙しいのにすまないな」

感謝の気持ちがリヒトから漏れる。

まさかこんな全面的に協力してくれるとは。

女王という立場の者が探してくれるのなら、それはこれ以上ないほどの助っ人だ。

逆に、自分たちがするべきことは、ベルンの手伝いをすること。

邪魔にだけはならないようにしないといけない。

「流石ベルンじゃな」

「ありがとうございます、魔王様！」

「ワンポイントプラスじゃ」

「なんだその得点制度……」

アリアの言うワンポイントがどれほどの価値で、今何ポイント溜《た》まっているのかは知らないが、ベルンは素直に受け止めておく。

アイリスを見つけた時に何ポイント貰えるのか楽しみだ。

「それでは衛兵たちに伝えますね。奴隷一人の捜索なら、そこまで時間はかからないかと思います」

「頼もしいな」

「リヒトさんたちはゆっくりしていてください。この辺りは色んなお店がありますので」

そう言いながら、ベルンは手元にある鈴を鳴らす。

恐らく従者を呼ぶための合図だ。

従者を通じて衛兵たちに捜索を要請するらしい。

女王という立場の使い方というものが、かなり板についている。

人の上に立ったことのないリヒトは、ちょっとだけ羨《うらや》ましく感じてしまった。

これだけ人を動かすことができればなぁ、と。

そんなことを考えている時。

部屋の外からドタバタとした足音が聞こえてきた。

「ベルン様！　お呼びでしょうか！」

「アンナ。衛兵たちを動かす準備をしておいて。人探しよ」

「人探しですか？」

「ええ。詳しい特徴は後で教えるわ。とにかく衛兵たちに連絡をお願い」

「かしこまりました！」

扉一枚を隔てて、ベルンとアンナのやり取りが行われる。

ベルンが彼女を部屋の中へ入れないのは、リヒトたちのことを配慮してのものだろう。

それもありがたいのだが、同時にベルンの許可がない限り絶対に部屋の中に入らないアンナにも驚いた。

忠実と言うか何と言うか。

いや、当たり前のことなのかもしれないが、自分の仲間たちとは大違いだ。

ディストピアだとこうはいかない。

仲間たちは、用事がある度にリヒトの部屋の中へ飛び込んでくる。

ノックされるなんて十回に一回。

時間帯関係なく、一人でいたい時にも強引に部屋の扉をこじ開けられた。

真夜中にはドロシーが飛び込んでくるケースが多く。

早朝にはロゼが飛び込んでくることが多い。

アリアに関しては、わざと驚かせようとしているのではと疑うほどランダムに訪れる。

あと、これは例外だが、フェイリスは何故か朝起きるとリヒトの隣で寝ていることがある。

鍵《かぎ》はちゃんとかけているはずなのだが、彼女たちにそんなことは関係ないらしい。

プライバシーの確保は永遠の課題だった。

「これで大丈夫なはずです」

「ありがとう、ベルンさん」

「いえいえ。お姉さんが早く見つかることを祈っています。危害を加えた人間はちゃんと制裁しますのでご安心を」

ベルンの優しさに満ちた笑み。

こんな顔で微笑《ほほえ》まれたら、一瞬で心を許してしまいそうだ。

初対面なはずのフェイリスも、この瞬間だけはドキッとしてしまう。

「さて。あとは時間の問題なので、皆さんはゆっくりしてくださって大丈夫です。一度ディストピアに戻られますか？」

「んー、それはつまらぬのじゃ。せっかく来たのじゃから、もう少しゆっくりしたいの」

アリアはドカッと椅子《いす》に座ると、足を組んで頬杖《ほおづえ》をついた。

彼女としては、今すぐディストピアに帰る気はないらしい。

恐らくいつもの気まぐれ。

最初からプランのない行動のため、リヒトもこうなることは薄々分かっていた。

アリアが人間界に姿を見せるのはレア。

せっかくだから――という気持ちは何となく分かる。

「そう言っても……ずっとここにいるのはベルンの邪魔になるだろうし」

「忙しそうなの」

「私は別に気にしませんが――気を使わせてしまうのなら仕方ありません」

そう言うと、ベルンはゴソゴソと引き出しを漁《あさ》る。

三人のために何かを探しているようだが……。

とりあえずリヒトたちは、それが見つかるのを待っているしかない。

ボードゲームでも出してくれるのだろうか。

ここで何を出すかによって、アリアのわがままに応《こた》える力が試されそうだ。

ベルンもそれが分かっているのか、頬には嫌な汗が流れている。

そうこうしているうち——漁るのを始めて数十秒頃《ごろ》。

ようやくベルンは振り返った。

手に持っているのは……袋？

「ベルン、なんじゃそれは」

「これはこの国で使われているお金です。なかなかの大金ですよ」

「金？　くれるのか？」

「はい！　城下町で楽しんできてください！」

「なるほど。気が利くな」

アリアはベルンから金を受け取る。

中には金貨でも銀貨でもない貨幣が数枚。

リヒトも見たことがない貨幣だ。

この金がどれほど大金なのかは知らないが、ベルンの言い草を見ると一日程度過ごすだけなら余裕であろう。

暇つぶしとしては丁度いい。

ベルンの安堵《あんど》。

見事アリアのお気に召す結果となった。

「リヒト、案内しろ」

「え？　いや、俺《おれ》もこの国は全然詳しくないし……」

「儂とフェイリスはもっと詳しくないぞ」

「……それを言われたら言い返せないな」

と、これからの行動が決まったところで。

人間界の案内役——唯一の人間であるリヒトは、流石に引き受けざるを得ない。

あまり遠出しなければ、道に迷うこともないはず。

アリアも人間の国を歩くことに興味があるようで、今すぐにでも出発したそうだ。

「外に出るのはいいけど、絶対に暴れたらダメだからな？」

「やれやれ、そんなことくらい分かっておるわ」

「もし変な人間に絡まれても、だぞ？」

「肩がぶつかることくらいまでは我慢してやるのじゃ」

「そこから先の話をしてるんだけど……」

おいおいと、リヒトは頭を抱えた。

肩がぶつかった時までなら我慢してくれるようだが……その後の展開が心配だ。

もし人間にいちゃもんでもつけられようものなら、きっと辺りが血の海になってしまう。

暴行なんてレベルではない。

場合によっては、アリアが魔王だとバレる可能性も。

そうなってしまえば、あとはもう取り返しのつかないことになる。

「絶対に大人《おとな》しくしておくってのが条件だからな」

「に、人間相手に舐《な》められても黙っていろと言うのか？」

「魔王様、考え方が逆なの。人間なんて相手にしてないって考えるなの」

「う、うむ……そうか。それなら問題ないな」

フェイリスのファインプレー。

少し不服そうにしながらも、アリアは了承の意を示す。

きっと魔王のプライドが邪魔をしているのだろう。

自分より下位種族である人間に手を出せないというのは、ある意味屈辱的な状況だとも言える。

そんな状況を、眼中にすらないという解釈で丸く収めることができた。

これで納得してくれたアリアの単純さにも感謝だ。

「では、楽しんできてください。もしお姉さんが見つかったら、すぐに連絡いたしますね」

「良い連絡を待ってるよ」

「はい。ではでは」

最後までニコニコとした笑顔を崩すことなく。

ベルンは三人を丁寧に見送る。

それからは流れるようにメイドたちに連れられ、気が付けばもう外にいた。

こうしてリヒトたちには自由が与えられたわけだが……まずはどこに行くべきか。

これからの行動は全てリヒトに任されているため、妙に責任感がのしかかる。

センスがないところに連れていけば、アリアにグチグチ言われそうだ。

一旦《いったん》、リヒトは頭の中でアリアとフェイリスが興味ありそうな場所を考える。

周りにあるのは、服屋、パン屋、鍛冶屋《かじや》、湯屋などなど。

アリアが興味ありそうなところは……冒険者ギルドとか？

……いや、戦っている場所ならともかく、戦う前の人間がいるところなんてアリアは面白いと思わないだろう。

アリアならなおさらそう考えるはず。

ならば逆に戦いが起こっている闘技場という選択肢もあったが、そこはできるだけ避けておきたい。

戦いに参加したくてウズウズしているアリアの光景が目に浮かぶ。

そうなった場合、リヒトでは止められない可能性まで。

あれだけ釘《くぎ》を刺されて、戦いが起こっている場所に連れていかれるなんて酷な話だ。

闘技場で乱入というのはたまに聞く話ではあるが、そこに魔王が乱入してくるのでは話が違ってくる。

最低でも参加者は大怪我。

武器もない状態で魔王と戦うことになるなんて、無謀という言葉では言い表せなかった。

（やっぱりアリアに合わせるよりもフェイリスに合わせた方が良さそうだな）

結局。

リヒトは、アリアが喜びそうな場所を考えることをやめる。

そこに行ったとしても、何かしらの問題が起きそうだ。

ならば消去法でフェイリスが喜びそうな場所に行くべきなのだが――。

……それはどこだろう。

買い物というのも何だか違うし、演劇や音楽というのはもっと違う。

そもそもフェイリスが何を好きなのか。

純粋にそれ自体に興味がある。

「フェイリスは人間界で行きたいところとかあるのか？」

「えっと、リヒトさんがいるならどこでもいいなの」

「うーん……」

「儂は闘技場に行ってみたいぞ！」

「言うと思ったよ」

回り道をせずにフェイリスへ直接聞いてみたものの、残念ながらそれは不発に終わった。

アリアは予想通り血の気が多い場所を答えてくれたが、そこには行かないと既に決めているため、やんわりと濁しながら断っておく。

こうなると残されたのはリヒトのみ。

ちなみに、リヒトは人生で一度も行ったことのない賭場《とば》が微《かす》かに気になっている。

が、二人を賭場に連れていくのは論外。

楽しいのかどうかも分からない場所に連れていく勇気はなかった。

これはまたいつか――ドロシーが一緒の時にでも行こう。

聞くところによると、ドロシーは一夜で家が買えるほど荒稼ぎしたギャンブラーであるため、ちゃんとエスコートしてくれるはずだ。

彼女のイカサマには目を見張るものがある。

暇な時にカードを使ったものを見せてもらったことがあるが、目の前でイカサマされても全く見破ることができなかった。

あそこまで行くと魔法と言っても過言ではない。

……と、ここで脱線してしまった頭の中を元に戻す。

「困ったな。三人で楽しめるところがあればいいんだけど」

「それならレストランは？　ほら、あの大きなお店」

フェイリスが指さしたのは、他の店より一回り大きな屋根を持つ建物。

リヒトの視力ではよく見えないが、飲食店として経営されているらしい。

人の出入りが多く、かなり繁盛しているように思える。

この街の中でもかなりの人気店なのだろう。

リヒトが人間界で暮らしていた時は、こういうメジャーな店ではなく、知る人ぞ知るマイナーな店に足を運んでいた。

新しい挑戦をする良い機会だ。

ベルンもそういう意味でこの国を紹介したいはず。

それなら迷うことはない。

「そこにしようか。アリアもいいよな？」

「もちろん。腹も減っておったしな」

特にアリアも拒むことなく。

目的地はあっさりとレストランに決まった。

気が早すぎるアリアは、もうこの段階からぐうううぅとお腹《なか》を鳴らしている。

リヒトも釣られてお腹が鳴りそうだ。

そういえば、リヒトが人間界で食事をするのも久しぶり。

エルフたちが作る料理に慣れてしまったため、人間界の味があまり思い出せない。

どんなものが出てくるのか楽しみだ。

そんなワクワク感を覚えながら、リヒトは辿《たど》り着いたレストランの扉に手をかけた。

「いらっしゃいませー」

「おい、この店で一番美味《うま》いものを出すのじゃ」

「――ちょ、アリア。そういうのは席に座ってから頼むんだぞ」

「ん？　そ、そうか。ドワーフとは違うな」

コホンとアリアは席に座る。

どうやら、アリアが過去に訪れたドワーフの国では入店直後に頼むのが普通だったらしい。

色んな国を知っていたら、その国特有の常識がぐちゃぐちゃに混ざって大変そうだ。

一体アリアはどれほどの国を見てきているのだろう。

リヒトの何十倍――いや、何百倍。

いつか思い出話を聞いてみたくある。

……それと同時に、フェイリスの過去も。

「おお、メニューがたくさん……選べないなの」

「フェイリスが元々いた国では、こんなに大きなレストランはなかったのか？」

「……んと、答えにくい質問なの」

「？」

リヒトの問いに、フェイリスは言葉を選ぶような素振りでモジモジする。

答えにくい？

フェイリスの母国にレストランがあったのかなかったのかの二択なはずなのだが、どこに答えにくい要素があるというのか。

少しだけ変だ。

「もしかしてレストランって名前じゃなかったのか？　それなら――」

「ううん。違うなの」

「え？　じゃあどういうことだ？」

「私がいた場所は、国じゃなかったなの。森の中の一軒家。そこで十数年お姉ちゃんと暮らしてたから」

「……森？」

意外な過去が、想定外のタイミングで明かされる。

森というのがどういうものなのか分からないが、とにかく群れで暮らしていなかったらしい。

姉と二人で生活。

国の概念がなかったということは、食料も何もかも自分たちで賄《まかな》っていたということ。

それだけでなく、魔物から自分たちの身を守らなくてはいけない。

魔物の活動に時間帯は関係ないため、朝も昼も夜も同じだ。

そんな生活を十数年も。

とてもリヒトには考えられない。

「お、親はいなかったのか？」

「分からない。物心が付いた時には、お姉ちゃんしかいなかった」

「……フェイリスは気にならなかったのか？」

「ううん。でも、お姉ちゃんはそのことを話そうとしなかったなの」

「何か複雑な理由がありそうだな……」

フェイリスが育った環境は、リヒトの想像を軽く超えていた。

間違いなく言えるのは、フェイリスたちを手放さなければいけない理由が親にあったということだけである。

親はフェイリスたちを捨てたのか、逃がしたのか、それとも奪われたのか。

その答えはフェイリス本人にも分からない。

いや、分からない状態の方が幸せなのかも。

フェイリスが知りたくなったのならば知ればいい。

少なくとも、知れば不幸になる確率の方が高い気もするが……。

「あれ？　でもフェイリスはお姉さんと別れたんだよな？」

「別れたというか、別れさせられたなの」
「別れさせられた……ってどういうことだ？」
「よく覚えてないけど、夜に怖い人たちが来た。お姉ちゃんと私はそこで別々のところに連れていかれたなの」

連れていかれた――とフェイリスは語る。

なかなかに穏やかな話ではないが、それはリヒトも覚悟していたため、まだこの段階で驚くことはない。

この場合の怖い人というのは、恐らく奴隷商人か強盗。

金か労働力になりそうなフェイリスたちが連れていかれる理由もまあ分かる。

どちらかと言うと、森で静かに暮らしている二人にまで手が及ぶことの方に驚いた。

何かあってもバレないことから、逆に手が出しやすいのだろうか。

そういう人間の心理は理解できないが、とにかく二人が不幸だったことに変わりはない。

「亜人の希少種は高く売れそうじゃからな。そいつらが気付いていたかどうかは別として」
「希少種って、普通の亜人とどこが違うんだ？」
「寿命とか顔立ちとか。あと、姿が人間により近いって聞いたことがあるなの」
「なるほど。言われてみれば確かに」

普通の亜人とフェイリスを比べたら、確かに違うところはたくさんある。

姿だけで言っても、普通の亜人は体毛が生えていたり牙《きば》が生えていたり。

流石に人間と間違えることはないレベルだ。

その点、フェイリスは体毛もなければ牙もない。

人間よりも人間らしい女の子と言える。

と、亜人について少し詳しくなったところで。

リヒトは話の続きを進めた。

「とりあえず、フェイリスはそいつらから上手く逃げ出せたってことだな」

「ううん。連れていかれてる途中で、魔王様が助けてくれたの」

「え!? アリアが?」

ここで出てくるアリアの名前。

ずっと気になっていたアリアとフェイリスのファーストコンタクトは、とても危機的な状況での出来事だったようだ。

フェイリスにとってアリアは、魔王であり命の恩人。

きっとアリアがいなければ、フェイリスもこうしてリヒトと出会うことなく奴隷として働かされていた。

いや、もう今頃死んでいたかもしれない。

そう考えると、フェイリスがアリアに忠誠を誓うのも納得だ。

「怖い人たちを全員蹴散《けち》らして、ボロボロだった私を助けてくれたたなの」

「あんまり覚えておらぬが、たまたま見つけたのでな。運が良かったのじゃ」

「本当に偶然だったんだな」

アリアとフェイリスが出会ったのは、運命などではなくただの偶然。

その真実を知ることとなり、リヒトは変な汗が出てきた。

もしもアリアがフェイリスを見つけていなければ、当然だがここにフェイリスはいない。

今までにしてきた戦いも、もしかしたら負けていた可能性だってある。

恐ろしい話だ。

「フェイリスの姉とやらもその時に助けてやれれば良かったのじゃが、どうしても見つからなかったのでな」

「……仕方ない。お姉ちゃんは私と別の方向に連れていかれてたみたいだし」

「それから、フェイリスの姉はずっと奴隷として暮らしていたということか。百年以上経っておるから、なかなかにかわいそうじゃな」

「ひゃ、百年以上……」

気の遠くなるような時間に、リヒトはめまいを起こしそうになる。

それだけの時間を奴隷として過ごすなんて、頭がおかしくなってしまいそうだ。

本当にアイリスは百年以上も奴隷をしているというのか。

……今もなお奴隷であることを考えると、その可能性の方が高い。

そして、このままリヒトたちが助けることができなければ、天寿を全うするまでずっと奴隷のままである可能性も。

フェイリスやアイリスの寿命がどれだけ長いのか分からないが、少なくとも人間よりは何倍も長いはず。

どうにかして自由を与えてあげたい。

「……早く見つけてやらないとな」

「そうじゃな」

「うん」

三人の気持ちが、同じ方向へ綺麗に向く。

そんな時。

アリアの耳に、店員同士の会話が聞こえてきた。


「おい、なんで今日は店長がいないんだ？　めちゃくちゃ忙しいってのに」

「あー、なんか娼館に行ったらしいぜ」

「はあ？　マジかよ。営業中に行くとかおかしいだろ」

「どうやらこの前買った奴隷を売りに行くらしい。この時間帯じゃないと無理なんじゃねえの？」

「娼館か。確かにあの奴隷、見た目は良かったからな」


「リヒト。今の会話、聞いてたか？」

「ん？　会話？　誰のだ？」

「あそこにいる店員じゃ。何やら奴隷の話をしているぞ」

「あそこって……あの二人か？」

アリアが示したのは、リヒトたちの席からかなり離れた場所で皿を片付けている二人。

距離にして数十メートル。

二人が何か喋《しゃべ》っているのはギリギリ分かるが、リヒトには何の会話も聞こえてこない。

他の客の声に掻《か》き消されてしまう。

が、アリアの耳にはしっかりと届いているらしい。

人間よりも遥《はる》かに発達した聴覚。

アリア曰《いわ》く、奴隷の話をしていたとのことだが――まさかそんな偶然があるわけが……。

なんてリヒトが思っていると。

アリアは席から立ち上がって、その店員の元に歩き出してしまった。


「でも、娼館に売られるんなら最後にヤっときたかったな」

「リーダーのお気に入りだったからな。なかなか俺たちのとこまで回ってこなかったし」

「今度客として行ってやろうぜ。いつもみたいに泣き出すかもよ」

「それいいかもな。流石に店なら抵抗してこないだろ」


「おい、人間。その奴隷は水色の髪じゃったか？」

リヒトが止めようとしても間に合うことなく。

店員に向かってアリアは言い放った。

いつも通り高圧的で、有無も言わさぬほどの迫力である。

こんな風に睨《にら》まれたら腰が抜けてしまいそうだ。

「お、お客様。何のことでしょう……？」

「とぼけるでない。今奴隷の話をしていたじゃろ」

「空耳ではないでしょうか……？」

「何回も言わせるな。質問に答えるのじゃ」

店員が言い逃《のが》れをしようとしても、アリアが引き下がることはない。

答えを聞くまで、絶対にやめないつもりだ。

店員もそれを察したのか、適当な言い訳はしなくなっている。

リヒトとしても、アリアが手を出さないうちに答えてもらいたい。

ここでアリアをイライラさせていたら、ロクなことにしかならなさそうだ。

「えっと……我々が奴隷を雇っているという事実は決してなくてですね――」

「答えにくいか？　それなら最近雇ったアルバイトでいい。娼婦に職を変えるアルバイトがいるのじゃろ？」

「アルバイト……はい、います」

アルバイト――という単語に店員は渋々頷く。

流石に大きな店であるだけに、奴隷を雇っているなんてことを公で言うことはできない。

それを認めてしまったら、周囲を巻き込む大問題だ。

奴隷制度が禁止されているこの国では、間違いなくイメージは下がってしまう。

しかし、アリアの目的は奴隷購入の事実を認めさせることではなく、その奴隷の特徴を聞き出すこと。

決してこの店のイメージを下げることではないし、正直そんなことどうでもいい。

大事なのはその奴隷がアイリスであるのかどうか。

アルバイトだろうと何だろうと関係なかった。

「じゃあソイツの髪の色は？　名前は？　どこの娼館に行ったのじゃ？」

「名前は分かりませんが……髪の色は水色でした。転職先までは分かりません……」

「み、水色⁉　アリア！　まさか……」

「恐らくそうじゃろうな。ベルンに報告するぞ。すぐに見つかるはずじゃ」

予想的中。

アイリスの居場所は何となく分かった。

この国に娼館がどれだけあるのか知らないが、かなり場所が絞られたのは事実である。

ベルンが動かしている衛兵を向かわせれば、今日中にでも発見することができるだろう。

まさか、たまたま入った店でこんな情報が手に入るとは。

アリアがいてくれて助かった。

「フェイリス、良かったな。見つかりそうだぞ」

「ま、まだ心の準備ができてないなの」

「……まぁ緊張するよな」

安心するリヒトに対して、フェイリスはまた違った様子を見せていた。

心なしか細かい動作も多くなっているような気がする。

それもそのはず。

百年以上離れていた姉と、急に再会できる可能性が出てきたのだ。

何を話すのか、そもそも何と声をかけるのか。

健康を気にするべきか、心を気にするべきか。

それとも思い出話でもした方がいいのか。

候補が無限にあるようで、どれか選択しろというのは無理な話であった。

「リヒト、店を出るぞ」

「え……せっかく来たのに？」

「そんなの後にするのじゃ。ベルンにでも頼め」

アリアはリヒトの服を引っ張り、そそくさと店の外へ出る。

店側からしたら冷やかしもいいところだ。

いや、この程度の冷やかしで済んだと安堵しているかもしれない。

リヒトたちに目を向けていた客も、今は自分たちの食事に意識を向けていた。

「今日はたくさん歩く日だな」

「別に飛んでいってもいいぞ？」

「そりゃ論外だ」

こうして。

リヒトたちはまたもやベルンの城へと歩を進める。

そろそろ足が棒になりそうだ。

ベルンもまさかこんなに早く新規の情報が入ってくるとは思わなかっただろう。

ベルンがどういう反応をするのか。

そして、フェイリスの姉がどのような者なのか。

今までにないほど楽しみである。

「……リヒトさん」

「ん？　どうした？」

「お姉ちゃんと会う時、近くにいてほしいなの」

フェイリスの言葉。

リヒトは少し考えると、分かったと小さく頷いたのだった。

＊＊＊

時は飛んで数時間後。

娼館という場所を知ったベルンは、当然素早く衛兵たちを付近の娼館に向かわせることになる。

ある程度仕事のある衛兵たちなども含め、総出で捜索をしているため娼館はお祭り騒ぎだ。

違法な運営をしている娼館もついでに取り押さえているのだろう。

教科書に残りそうなくらいの一斉摘発である。

国にある娼館は合計で数百。

アイリス発見にはそこそこ時間がかかると思っていたのだが――現実はそうではない。

なんと、アリアたちが軽く食事をしている間に、ベルンからアイリス発見の連絡が届いたのだ。

付近に絞れば時間を短縮できるとは思っていたが、まさかここまでとは。

想像以上に早く見つかったことにより、三人は現場に向かうことすらできない。

アイリスはあっという間に保護され、今は事情を説明している段階である。

この時点でアイリスにはフェイリスの存在を明かされ、混乱を極めているようだ。

確かに、いきなり保護されて百年以上前に行き別れた妹が待っているなんて言われたら、状況も呑《の》み込めなくなるだろう。

いきなり女王の城へと連れてこられるだけでも頭がパンクしそうである。

ということで、リヒトたち三人は城の一室前でアイリスの準備が整うのを待っていた。

「なかなか待たされるのじゃな」

「色々説明が大変そうだからな」

「……」

足をパタパタと動かし、急《せ》かすような仕草をするアリア。

それに対してフェイリスは、何も言わずにただじっと扉が開くのを待っている。

中ではベルンがアイリスと話しているのだろうが、いつそれは終わるのだろう。

あまり長引かせると、我慢できなくなったアリアが無理やり入ってしまいそうだ。

「フェイリス、緊張は解けたか？」

「うん。全然大丈夫」

「そうか、お姉さんと最初に何を話すつもりなんだ？」

「みんなのこと。魔王様もだし、リヒトさんたちも」

「へえ。何だか嬉しいよ」

どうやらフェイリスは心の準備とやらができたらしい。

さっきまでとは違い、瞳《め》にも自信が反映されているようだ。

リヒトも少し心配していたのだが、これならきっと大丈夫なはず。

もっと時間がかかると思っていたが、それは杞憂《きゆう》に終わってしまった。

と、リヒトたちが他愛《たわい》のない話をしていると。

遂に扉が音を立てて開く。

「みなさん。入ってきてください」

「遂にか——行くぞ。リヒト、フェイリス」

「分かった」

「う、うん……」

扉を開けたのはベルン。

隙間《すきま》から顔だけ見せる形で、三人を部屋の中に入るように促した。

いざ対面するとなると、あまり関係ないはずのリヒトにも緊張感が走る。

この場でいつも通りなのはアリアだけだ。

どういう神経をしていたら、この部屋の中にずかずかと入れるのだろうか。

アリアの無神経さが羨ましく感じるほど、リヒトは一歩いっぽの重みを感じてしまう。

「ほお……そっくりじゃな」

「確かに似てる……」

「……あ」

そこにいたのは、紛れもなくフェイリスの姉であろう存在。

汚れている服の上に、ベルンが用意した上着を羽織っている。

目には全く覇気がなく、とても不思議な雰囲気だ。

ここまで似ているとは――リヒトの想像を遥かに超えていた。

もし街中で出会ったとしても、フェイリスの姉ではないかと気付けそうである。

フェイリスとの違いは、髪をまとめているか下ろしているかくらいしかない。

あとは背丈が頭一個分くらいアイリスの方が高いとか。

顔つきに関しては差を見つける方が難しいくらいだ。

間違いなくフェイリスと血が繋がっている。

「お姉ちゃん……」

「フェイ……リス？」

フェイリスの第一声は姉を呼ぶ声。

アイリスの第一声は妹の名前。

どちらも目の前にいるのが本人であることに気付いたようだ。

ここで先に動いたのは――アイリスの方。

おぼつかない歩き方で、フェイリスの元に駆け寄る。

そして、両手でフェイリスの両頬を包んだ。

「本当にフェイリス……だ」

「お姉ちゃん……だよね」

「うん。元気だった？」

「うん……元気」

何とも言えない空気が、この部屋の中を包む。

先ほどまで余裕を見せていたフェイリスも、いざアイリスに会ったとなったら、思い通りに言葉を出せずにいた。

体も声も、どちらも小刻みに震えている。

数秒の沈黙。

何かきっかけが必要みたいだが……。

しかし、リヒトが介入する隙間はない。

アリアもベルンもそれは同じだ。

流石のアリアも、ここで水を差すのは間違いだと分かっているらしい。

この沈黙を破るのは、フェイリスかアイリスでないといけない。

しばらくして、再びアイリスは口を開いた。

「生きててくれてありがとう……フェイリス」

「お、お姉ちゃんは怒らないの……？」

「怒る？　どうして？」

「だって……私だけ先に助かったから」

フェイリスは何やら沈んだ顔を見せる。

どうやら、フェイリスの中にはアイリスに対して申し訳ないという気持ちがあったようだ。

自分だけ助かったと言うが、それは恐らくアリアに拾われた時のことだろう。

罪悪感が湧く気持ちは分かってしまう。

が、アイリスはそれを聞いて不思議そうな顔をしていた。

理解できない――そう言わんばかりの顔だ。

「そんなこと気にしなくていいの。フェイリスが無事で良かった」

「私も、お姉ちゃんが無事で良かったなの」

アイリスはフェイリスの手を取って強く握る。

いつ助かったかなんてどうでもいい。

二人とも無事で生きていることが重要なのだ。

それに、アイリスは今日フェイリスたちによって助けてもらった。

感謝するのは当然のことである。

「それで、この人たちはフェイリスのお友だち？」

「うん。私の仲間なの」

ここにきて、アイリスは初めてリヒトたちの方を見た。

流石に無視をすることはできない。

恐らく彼らがフェイリスを助けてくれている人たち。

フェイリスが信頼を寄せていることが見て取れる。

特に白髪の男の方。

フェイリスがずっと彼の傍《そば》を離れずにいることから、何やら特別な関係が存在していそうだ。

逆に、隣の紫髪の女の子からはただならぬ力を感じた。

まるで世界を包み込んでしまいそうな。

そんな得体の知れない力である。

「儂の名はアリアじゃ」

「初めまして、リヒトです」

アリアが偉そうに名乗り、リヒトは下手《したて》に名乗る。

最初は話もできない状態かと思っていたが、想像以上にアイリスの会話能力があって驚きだ。

百年以上奴隷として過ごしていたとは思えない。

過酷な環境で、発言すら許されない奴隷もいるのだからなおさらだ。

これならフェイリスが今どうしているかの説明もできる。

「アイリスと言います。私を探してくれていたのは……アナタたちでしょうか」

「その通りじゃ。フェイリスの姉とやらを見てみたくてな」

「そ、それだけのためにこの広い国の中から……?」

「当然じゃ。フェイリスは仲間じゃからな。その姉なら助けてやる義務がある」

アリアはドンと効果音が出そうな勢いで言い切る。

何とも頼り甲斐《がい》のある背中だ。

彼女が見つけると言ったら、世界の裏側にいても見つけてしまいそうである。

そう思わせるほどに、彼女の言葉は自信に満ち溢《あふ》れていた。

「魔王様、ありがとうなの」

「気にするな、フェイリス。礼を言うまでもない」

「魔王……さま？」

魔王様とは一体？

アイリスは魔王というワードに引っかかりを覚える。

当たり前のようにフェイリスは口にしたが、まさか魔族の王という意味での魔王なのか。

それならば目の前にいるアリアはとてつもない存在。

しかし、それにしては周りの反応が薄すぎる気がする。

特に、女王ベルンが何も反応していないのがおかしい。

魔王とは、決して人間と相容《あいい》れない立ち位置。

それなのにも拘《かか》わらず、ここまで受け入れられているのは何故なのだろう。

「フェイリス。この御方は魔王なの？」

「うん、お姉ちゃん。魔王様は本物なの」

「そ、それならどうして女王様は何も言わないの……？」

「あー……アイリスさんになら見せても大丈夫でしょうか」

ベルンはそう言うと、ポンと音を立てて妖狐の証《あかし》である耳と尻尾《しっぽ》をあらわにした。

言葉で説明するよりも、こっちの方が手っ取り早い。

アイリスも馬鹿ではないため、これだけで理解できるであろう。

「に、人間じゃない……!?」

「ベルンは女王である前に儂の下僕じゃ。そうじゃろ?」

「はい。私は魔王様に仕えています。フェイリスさんとリヒトさんもですね」

「すごい……フェイリスは魔王様の下僕なのね」

アイリスは感動したようにフェイリスを見る。

自分の妹が魔王に仕えているなんて、姉として誇らしい。

しかも、なかなかに信頼関係が築けていると思われる。

知らない間にフェイリスも成長したのだなぁ、と。

久しぶりにほっこりとした気持ちになった。

「私は別に凄《すご》くないの。みんなに助けてもらってばっかり」

「ううん。そんなことないよ。見向きもされないのが普通なんだから」

「で、でも――」

「おいおい。変なことで言い争うでない」

「ごめんなさい、魔王様」

「す、すみませんでした」

さてさて――と、アリアは話を戻させる。

「アイリスさん、せっかくですから汗を流しておきましょう。お風呂《ふろ》はこの部屋から向かえますので」

「え……良いのですか?」

「もちろんです。あ、私が人間でないことを他の人には言わないでくださいね」

「そ、それはもちろんですが……どうして私にそこまで……」

「大きな理由はないですよ。一人の客人として歓迎しているだけです」

「ありがとう……ございます」

アイリスは何とか絞り出すようにお礼を言う。

彼女の中で、様々な気持ちが渦《うず》巻いているようだ。

今まででこんな扱いをされたことがない。

フェイリス以外の誰かに親切にされた経験がないアイリスは、どう反応するのが正解なのか分からなかった。

だからこそ、このようにお礼を言うだけで精一杯なのだろう。

「儂も付いていくぞ。ちょうどサッパリしたかったところじゃ」

「え？」

「ほら、フェイリスも付いてこい。ベルン、お前もじゃ」

「わ、私もですか!?」

「文句を言うなら尻尾をもぎ取るぞ？」

「ひ、ひええぇぇ！」

アリアに脅されたベルンは、仕方なくアリアの後ろを付いていく。

耳をパタンとしまって、尻尾はポンとどこかに収納した。

その光景は完全に子分と親分だ。

とてもではないが女王とはかけ離れている。

その姿が、ちょっとだけ面白い。

そんなベルンを見て、アイリスは百年ぶりに笑みを見せたのだった。

＊＊＊

「なかなか綺麗になったな。見れば見るほどフェイリスにそっくりじゃ」

「ありがとうございます……温かかったです」

「気持ち良かったなの」

風呂上がり。

軽く汗を流したアリアたちは、ようやく暇を潰していたリヒトの元に戻ってくる。

アイリスは久しぶりの入浴ということもあり、見違えるほどの姿になった。

髪はサラサラに、肌はツヤツヤに。

これがアイリス本来の輝きなのであろう。

「私も大人数でお風呂に入るのは初めてかもしれません」

「ベルンは人間と入浴なんてとてもできぬじゃろうしな」

「確かに、常に油断できないなの」

「誰にも気を許せない生活は辛《つら》そうじゃ。かわいそうに」

「そうですね……私の事情を知っている人は近くに誰もいないですし、たまに気を許せる話し相手が欲しくなったりします」

ベルンがこぼしたのは、愚痴と言っても過言ではない言葉。

一応今はアンナというメイドが話し相手役を担ってくれているものの、残念ながら彼女には話せないことが多すぎる。

もしベルンの正体を知っても黙っててくれる可能性はあるが、人間たちに自分の正体がバレてしまうリスクを考えれば絶対に無理だ。

やはり人間ではない従者が一人くらいは欲しい。

一度は自分と同じ妖狐を雇うことも考慮したが、結局見つけることはできなかった。

恐らく当分先まで叶《かな》うことがない願いだ。

「それなら、ちょうどいい者がいるではないか」

「え？　どちらにでしょう？」

「ここに」

「……へ？」

アリアが指さしたのは、訳も分からずに立っているアイリス。

その瞬間に、ここにいる全員の視線が彼女へと向いた。

ビクッと体を揺らして、助けを求めるようにフェイリスを見る。

「フェ、フェイリス。どういうこと……？」

「えっと、お姉ちゃんがベルンさんの話し相手にならないかって」

「ということは……」

「アイリス。ベルンの元で働かぬか？　奴隷をするよりよっぽど良い暮らしができるぞ」

突然。

思いもよらぬタイミングでアイリスに仕事が舞い込んでくる。

しかも、女王の話し相手というとてつもない仕事だ。

正確には身の回りのお世話をすることになるのだろうが、今までの仕事に比べたら何億倍もマシである。

まさかそんなことを言われるなんて微塵《みじん》も思っていなかったアイリスは、すぐに返事をすることができなかった。

これまでの人生で、アイリスに仕事を選ぶ権利なんて与えられたことがない。

主人に面倒な仕事を押し付けられるだけだった。

だからこそ、この提案にすぐ答えられなかったのだろう。

「ベルンとしても問題ないじゃろ？」

「はい。メイドたちと一緒に雑用などをしてもらうことになりそうですが、それで問題なければ……」

「どうじゃ？　住み込みなら家の心配をすることもあるまい」

どんどん増えていく条件。

それはとてもアイリスのことを考慮してくれているもの。

アリアに再度聞かれ――今度こそはアイリスも返事をする。

「わ、私なんかで……よろしいのですか……？」

「もちろんです。むしろアイリスさんの代わりはいません」

「そ、そんなこと言われたの人生で初めて……です」

アイリスはこぼれそうな涙を何とか我慢した。

代わりがいないなんて、今まで誰かに言われたことがない。

いざ言われてみると、嬉しさよりも感動する気持ちのほうが大きい。

そんなベルンの言葉を聞いて、アイリスは何とか絞り出す。

──了承の意を示す言葉を。

「よ、よろしくお願いします……！」

「こちらこそよろしくお願いします。これからはアイリスとお呼びいたしますね」

「は、はい。ベルン様」

アイリスは深々と頭を下げる。

初めて自分の居場所を与えてもらった。

あまりにも急すぎて、緊張する暇すらない。

未《いま》だに気持ちがフワフワしている。

「ちょうど部屋はたくさん空いているので、一番大きな部屋をアイリスにあげましょう。南側にあるのですが──」

「す、すみません。南ってどの方向でしょう……？」

「あぁ……えっと、そうですね。それじゃあ案内いたします。付いてきてください」

「は、はい！」

ベルンはスッと立ち上がり、アイリスの手を取って歩き出す。

これがベルンなりの優しさなのだろう。

自分の従者に対してはとても丁寧な女王である。

あっという間に部屋の外へ出ていってしまった。

「行っちゃったなの」

「そうだな」

「とにかく、アイリスの仕事が見つかって良かったのじゃ」

「俺はてっきりディストピアに勧誘するのかと思ってたよ」

「あ、その手もあったか。何も考えずベルンに渡してしまったのじゃ」

「考えてなかったのか⁉」

アリアの衝撃的な発言に、リヒトはついつい声を大きくする。

リヒトとしては、最初から仲間にするつもりでアイリスを探していたのだと思っていたが……

全然そういうことではなかったらしい。

ただ単純にフェイリスの姉が見たかっただけのようだ。

何か狙いがあるのだと思っていた自分がマヌケだった。

「聞くのが遅くなったが、フェイリスはこれで良かったのか？」

「いや、いいわけないだろ。せっかくお姉さんを見つけたっていうのに――」

「――うん。これでいいなの」

「え？」

アリアに続いて、フェイリスもまた予想外の答えを口にする。

リヒトが人間だからここまで考えがズレているのだろうか。

と思いはしたものの、フェイリスにはアリアと違って考えがあるらしい。

「フェイリス、どうしてだ？　せっかく見つけることができたのに……お姉さんと一緒に暮らすこともできたんだぞ？」

リヒトの疑問は当然のもの。

てっきりリヒトは、アイリスがディストピアに加入するものとばかり思っていた。

フェイリスも多少はそれを望んでいたはず。

ならばどうしてフェイリスはこの結果に納得しているのか。

リヒトはフェイリスから出てくる言葉を待つ。

「……お姉ちゃんを誰かとの戦いに巻き込みたくないなの。ベルンさんの元で、お手伝いをしてる方が幸せだと思う」

「で、でも――」

「それに……お姉ちゃんが死ぬところを見たくないし、私が死ぬところを見せたくない」

フェイリスはいつもと違って、強くその言葉を言い切った。

恐らく、フェイリスの心からの発言だ。

確かに、ディストピアにいれば誰かが死ぬところを見ることになるかもしれない。

もちろん例外なくフェイリスが死ぬところも。

アイリスだって命を落とす可能性が十分にある。

いくら生き返るとはいえ、そんな思いを肉親に味わわせたくないのは、当然の感情と言えるものだ。

「そうか……その通りかもな。そこまで考えてなかったよ」

「フェイリスが納得してるなら良かったのじゃ」

「うん。ありがとう、魔王様」

フェイリスなりの考えを聞いたところで、リヒトもようやく納得できた。

アイリスが大事だからこそ、フェイリスは別々に行動することを選んだようだ。

もちろんその選択に異論はない。

素晴らしい選択と言えるであろう。

「それじゃあ今日はここに泊まるとするかの」

「え？　泊まるのか？」

「本当は帰るつもりじゃったが、フェイリスが名残惜《なごり》しそうなのでな」

「魔王様……いいの？」

「その代わり明日からしっかり働いてもらうぞ。リヒトもじゃ」

「お、俺も!?」

フェイリスが喜び、アリアが満足そうに笑う。

そしてリヒトは……絶望の中へ。

アリアのとても粋《いき》な計らい。

これでアイリスともう少しだけ長くいられる。

フェイリスとしては夢のような時間だ。

一方。
ベルンの城の一室で。
リヒトの抵抗する声が、虚《むな》しく響いたのだった。

あとがき

作者のはにゅうです。

この度は、『死者蘇生』三巻のお買い上げありがとうございます。

三巻は自分の中でも特に印象深い話になりました。

今までの総集編と言うべきでしょうか。これまでに出てきたキャラがこの巻に詰め込まれています。

それに加えて、書き下ろしを除いたほぼ全編が南の魔王軍関係です。

つまり、今回はずっと戦っていたということになりますね。

最初このプロットを担当さんに提出した時は、攻め過ぎかなぁとも思っていましたが、何故かゴーサインが出て制作に至りました。

書き始めはどうなることかと心配の気持ちでしたが、いざ完成すると何だかあっという間だったような気がします。

あと、ピンナップの子どもに手を引かれるフェイリスを見て制作の疲れが吹き飛びました。

あの表情豊かなフェイリスはなかなか見ることができないですね。

コミカライズ版も読んでくださっている方なら分かると思いますが、彼女は基本表情が変わらないキャラです。もっと言えば、彼女が笑っている絵は無かったような……？

そんな彼女も、今回のピンナップで僅かに微笑んでくれました。

いつか思いっ切り笑っているところが見たいなぁ……。

——と、そんなこんなでそろそろ締めようかと。
お世話になった方々に、この場をお借りして感謝を伝えさせていただこうと思います。
ご迷惑をおかけした担当編集さん。素晴らしいイラストを付けてくれたｓｈｒｉさん。
そして何より、この作品を読んでくださった皆様。
本当にありがとうございました。
これからの作品共々、応援していただけると嬉しいです。
……そういえば、一迅社ではにゅうの新シリーズが始まるそうですよ？

それでは、また皆様と出会えることを願って。

チートスキル『死者蘇生《ししゃそせい》』が覚醒《かくせい》して、いにしえの魔王軍《まおうぐん》を復活《ふっかつ》させてしまいました 3
～誰《だれ》も死《し》なせない最強《さいきょう》ヒーラー～

初出……「チートスキル『死者蘇生』が覚醒して、いにしえの魔王軍を復活させてしまいました
～誰も死なせない最強ヒーラー～」
小説投稿サイト「小説家になろう」で掲載

2021年11月5日　　初版発行

著者――はにゅう

イラスト――shri《シュリ》

発行者――野内雅宏

発行所――株式会社一迅社
〒160-0022　東京都新宿区新宿3-1-13
京王新宿追分ビル5F
電話　03-5312-7432（編集）
電話　03-5312-6150（販売）
発売元：株式会社講談社（講談社・一迅社）

印刷・製本――大日本印刷株式会社
DTP――株式会社三協美術
装丁――bicamo designs

ISBN978-4-7580-9413-9　©はにゅう／一迅社2021
Printed in Japan

おたよりの宛先
〒160-0022　東京都新宿区新宿3-1-13　京王新宿追分ビル5F
株式会社一迅社　ノベル編集部
はにゅう先生・shri先生